내귀에 해설이 들려

내 귀에 해설이 들려 7

설경구 현대 판타지 소설

초판 1쇄 찍은 날 § 2020년 10월 20일
초판 1쇄 펴낸 날 § 2020년 10월 27일

지은이 § 설경구
펴낸이 § 서경석

총괄팀장 § 노종아
편집책임 § 강서희
디자인 § 소소연

펴낸곳 § 도서출판 청어람
등록번호 § 제387-1999-000006호
등록일자 § 1999. 5. 31
어람번호 § 제1-3093호

주소 § 경기도 부천시 부일로 483번길 40 서경B/D 3F (우) 14640
전화 § 032-656-4452 팩스 § 032-656-4453
http://www.chungeoram.com
E—mail § chungeorambook@daum.net

ⓒ 설경구, 2019

ISBN 979-11-04-92274-9 04810
ISBN 979-11-04-92190-2 (세트)

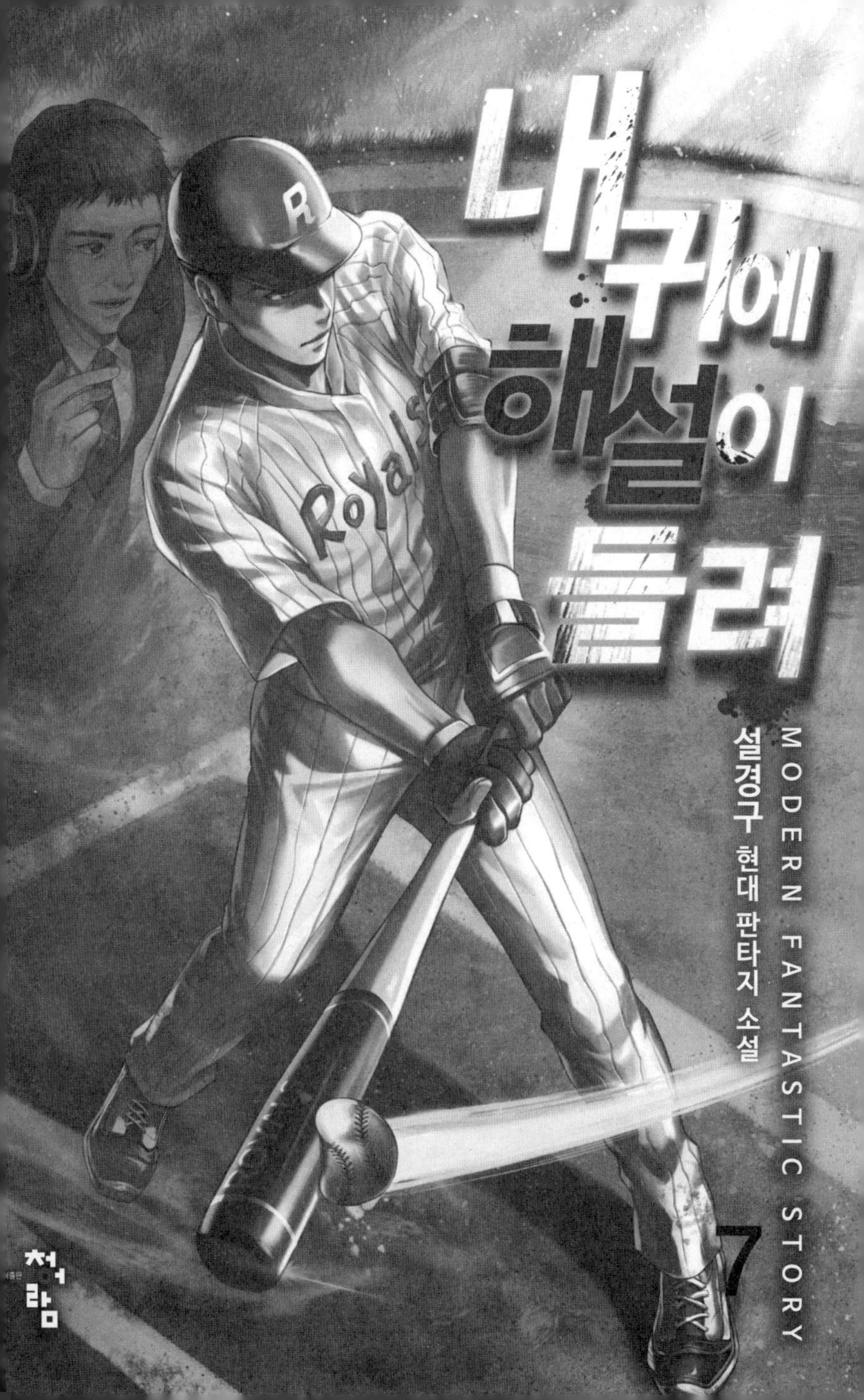
내
귀에
해설이
들려
설경구 현대 판타지 소설
MODERN FANTASTIC STORY
7
청람

내 귀에 해설이 들려

목차

제1장

"조던 픽스가 어깨 통증을 호소했다."

"네?"

이용운의 이야기를 들은 박건이 깜짝 놀랐다.

박건은 청우 로열스 소속 선수.

그럼에도 불구하고 조던 픽스가 어깨 통증을 호소했다는 이야기는 금시초문이었기 때문이었다.

"조던 픽스가 부상을 당했다는 뜻입니까?"

"나도 모르지."

이용운이 심드렁한 목소리로 꺼낸 대답을 들은 박건이 고개를 갸웃했다.

"하지만 방금 전에 조던 픽스가 어깨에 통증을 호소했다고 선배님께서 분명히 말씀하셨지 않습니까?"

"그랬지."

"그런데 왜……?"

"아직 정밀 검진 결과가 나오지 않았으니까 모른다고 대답한 것이다."

"……?"

"꾀병일 수도 있거든."

이용운이 덧붙인 말을 들은 박건이 깜짝 놀랐다.

"꾀병… 이요?"

"그래, 꾀병. 조던 픽스의 에이전트가 꾀병을 부리라고 지시했을 가능성도 완전히 배제할 수 없다."

"대체 왜 그런 지시를 내렸다는 겁니까?"

박건이 도무지 이해가 안 간다는 표정으로 질문하자, 이용운이 대답했다.

"청우 로열스가 한국시리즈 우승을 차지하더라도 조던 픽스 입장에서는 득 될 게 별로 없거든."

*   *   *

'득 될 게… 없긴 하겠구나.'

조던 픽스의 계약서를 직접 본 적은 없었다.

그런 만큼 조던 픽스와 청우 로열스 사이에 맺은 계약의 정확한 세부 옵션 조항들에 대해서는 박건도 알 도리가 없었다.

그렇지만 어느 정도 짐작은 가능했다.

조던 픽스의 에이전트는 전문가.

청우 로열스와 계약을 맺기 전에 KBO 리그에 대해서 충분히 조사를 했을 터였다.

그 조사를 통해서 청우 로열스가 KBO 리그에서 꾸준히 하위권을 맴돌았던 팀이고, 올 시즌 청우 로열스의 우승 가능성이 무척 희박하다는 것쯤은 미리 간파한 상태로 협상에 임했을 것이었다.

그런 조던 픽스의 에이전트가 청우 로열스가 한국시리즈 우승을 차지하면 일정 금액을 더 수령하는 옵션 계약을 체결했을 가능성?

극히 낮았다. 즉, 청우 로열스가 한국시리즈 우승을 차지하더라도 조던 픽스가 얻는 것은 거의 없는 셈이었다.

그런 상황에서 팀에 대한 애정과 충성심을 발휘하면서 한국시리즈 최종전에 출전하는 것은 오히려 조던 픽스에게 손해였다.

무리한 등판은 부상 위험을 초래하기 때문이었다.

"그런데… 왜 제가 몰랐죠?"

조던 픽스가 어깨 통증을 호소했다는 사실을 박건은 전혀 알지 못했다.

그 부분에 대해서 의문을 느끼고 질문하자, 이용운이 대답했다.

"한창기 감독이 알리지 않았기 때문이다."

"왜 알리지 않은 겁니까?"

"그 사실을 알려봐야 득 될 게 없다고 판단했을 테니까."

"득 될 게 없다?"

"조던 픽스가 갑자기 어깨 통증을 호소한 것이 꾀병이든, 꾀병이 아니든 그가 한국시리즈 최종전에 등판할 수 없다는 사실은 변하지 않는다. 만약 이 사실이 대외적으로 알려지면 상대 팀인 우송 선더스에 유용한 정보를 제공하는 셈이 되지. 그래서 한창기 감독은 입단속을 할 요량으로 극소수의 코칭스태프들과만 이 사실을 공유했을 것이다."

'일리가 있어.'

조던 픽스의 7차전 등판 가능 여부는 상대 팀인 우송 선더스 입장에서도 초미의 관심사일 터였다.

청우 로열스 팀의 에이스인 조던 픽스의 출전 여부에 따라서 장정훈 감독의 게임 플랜도 달라질 것이었고.

그 사실을 잘 알고 있는 한창기 감독은 일부러 조던 픽스가 어깨 통증을 호소한 사실을 함구했을 가능성이 높았다.

"아직도 궁금한 게 다 해소되지 않았어?"

잠시 후, 박건의 반응을 살피던 이용운이 물었다.

"아직 하나 더 남았습니다."

"또 뭐냐?"

"선배님은 조던 픽스가 어깨 통증을 호소했다는 사실을 어떻게 아셨습니까?"

그 질문을 받은 이용운이 대수롭지 않은 목소리로 대답했다.

"엿들었다."

"네?"

"한창기 감독이 투수코치와 조던 픽스에 대해서 상의하는 것을 엿들었기 때문에 그 사실을 알 수 있었다."

'그렇구나.'

마침내 모든 의문이 해소된 순간, 이용운이 다시 입을 열었다.

"조던 픽스의 한국시리즈 최종전 출전이 불가능한 상황이니 한창기 감독은 오늘 경기 투수 운용을 어떻게 할지에 대해서 줄 곧 고심했을 것이다. 그 고심의 결과 한창기 감독은 선발투수인 권수현을 믿고 최대한 긴 이닝을 맡기는 것을 선택했지. 그리고 한창기 감독의 선택은 결과적으로 나쁘지 않았다. 권수현은 한창기 감독의 기대에 충분히 부응했으니까."

선발투수 권수현은 한국시리즈 최종전에서 7이닝을 소화했다.

단순히 이닝 이터 역할만 한 것이 아니었다.

7이닝 3실점으로 퀄리티스타트 이상을 해냈으니 선발투수의 역할을 충분히 하고도 남은 상황이었다.

"이건 만약인데… 경기가 연장으로 접어들면요?"

조던 픽스가 한국시리즈 최종전에 출전할 수 없는 상황.

선발투수 권수현의 뒤를 이어 백철기와 라이언 벤슨, 그리고 마무리투수인 손태민까지도 이미 등판한 상황이었다.

한국시리즈 6차전에 출전해서 4이닝을 던졌던 차윤수는 한국 시리즈 최종전 출전이 현실적으로 불가능한 상황.

그 점을 감안하면, 오늘 경기가 연장으로 접어들었을 때 청우 로열스에는 남아 있는 투수가 없었다.

이것이 아까 한창기 감독이 손태민을 투입했을 때, 너무 이른 투입이 아닐까 하고 박건이 우려했던 이유였다.

"그건… 일단 동점을 만들어서 경기가 연장으로 접어들고 난 후에 걱정해도 될 문제이지 않을까?"

이용운이 따끔한 지적을 했지만, 박건은 고개를 흔들었다.

"유비무환(有備無患)이란 사자성어, 모르십니까?"

"나름대로 공부를 하긴 했구나."

박건이 유비무환이란 사자성어를 입에 올리자 이용운이 말했다.

"그런데 공부 잘못했다."

"네?"

"지금은 사서 걱정이란 표현이 더 어울리거든."

"그렇지만……."

어쩌면 이용운의 표현처럼 괜한 걱정을 사서 하고 있는 건지도 몰랐다.

그러나 박건은 자꾸 신경이 쓰였다.

한국시리즈 최종전 경기가 연장으로 접어들 가능성도 충분히 있었기 때문이었다.

그런 박건의 속내를 읽었을까.

이용운이 박건이 하고 있는 사서 걱정에 동참해 주었다.

"만약 경기가 연장으로 접어들게 된다면… 한창기 감독은 일단 손태민으로 경기를 끌고 가겠지."

"더 길어지면요?"

"그때는 후배가 나서야지."

"저… 요?"

"그래. 청우 로열스의 비밀 병기가 출격해야지. 아마 한창기 감독은 후배를 염두에 두고 있기 때문에 이런 투수 운용을 하고 있을 것이다."

'내가 마운드에 다시 오를 수도 있다?'

박건의 생각이 거기까지 미쳤을 때, 이용운이 물었다.

"왜? 부담돼?"

"조금… 그렇습니다."

지난 등판과는 또 달랐다.

한국시리즈 우승이 걸려 있는 7차전에 팀의 운명을 짊어진 채 마지막 투수로 팀의 마운드에 오르는 것.

부담이 되지 않는다면 거짓말이었다.

그래서 가능하면 박건은 마운드에 오르고 싶지 않았다.

그런 박건의 속내를 읽은 이용운이 다시 입을 뗐다.

"그게 계속 마음에 걸린다면 해결책이 있다."

"어떤 해결책입니까?"

이용운이 대답했다.

"경기를 연장으로 끌고 가지 않으면 된다. 양 팀 감독들은 할 수 있는 것을 다 한 상황이다. 이제 선수들에 의해서 우승 팀이 가려질 것이다."

이용운이 말을 마쳤을 때, 연습 투구를 마친 손태민이 우송 선더스 4번 타자 빅터 스마일과의 승부를 시작했다.

빅터 스마일은 1볼 1스트라이크 상황에서 손태민이 던진 3구를 공략했다.

슈아악.

따악.

바깥쪽 직구를 기다리고 있던 빅터 스마일이 힘껏 휘두른 배트 중심에 걸린 타구는 총알처럼 빠르게 3루 방면으로 날아갔다.

'추가 실점!'

그 타구를 확인한 박건의 표정이 굳어졌다.

"그게 계속 마음에 걸리면 경기를 연장으로 끌고 가지 않으면 된다."

그런 박건의 귓가로 아까 이용운이 했던 말이 되살아났다.

'진짜 연장은 없겠네.'

빅터 스마일의 타구는 무척 빠른 데다가 코스도 좋았다.

내야를 빠져나가 라인 선상을 타고 굴러간다면 최소 2루타가 될 수 있는 코스였다.

게다가 2사 후인 만큼 1루 주자는 빠르게 스타트를 끊었다.

그래서 빅터 스마일의 타구로 인해 추가 실점을 허용할 수도 있다고 판단한 박건의 머릿속이 하얗게 변했을 때였다.

탓.

3루수 양훈정이 몸을 날리며 글러브를 쭉 뻗었다.

'설마… 잡았나?'

박건이 두 눈을 빛냈다.

타구가 외야로 빠져나올 경우를 대비해서 빠르게 달려가고 있던 박건의 눈에 타구가 보이지 않았다.

마치 갑자기 공이 사라진 듯한 느낌이었다.

"아웃."

'진짜… 잡았다.'

3루심이 아웃을 선언한 순간, 박건은 양훈정이 빅터 스마일이 때린 라인드라이브 타구를 잡아냈다는 사실을 뒤늦게 깨달을 수 있었다.

'기막힌 호수비.'

8회 초 임건우의 호수비에 이어 9회 초에도 양훈정의 결정적인 호수비가 나온 덕분에 청우 로열스는 추가 실점을 허용하지 않고 이닝을 마무리할 수 있었다.

그리고 9회 말.

청우 로열스의 정규이닝 마지막 공격이 다가왔다.

* * *

"감독의 역할은 끝났다. 이제 선수들에 의해서 한국시리즈 우승 팀이 가려질 것이다."

더그아웃으로 돌아온 박건이 아까 이용운이 했던 말을 작게 되뇌었다.

'결국 누가 더 절실한가에 의해 승부가 갈릴 수 있다.'

거기까지 생각이 미친 순간, 박건이 벌떡 일어났다.

"갑자기 왜 일어나?"

박건의 돌발 행동을 감지한 이용운이 물었다.

"일전에 선배님께서 목마른 자가 우물을 파는 법이라고 말씀하셨잖습니까?"

"그래서 뭘 어떻게 하려고?"

"뭐라도 해야죠."

'누가 가장 절실한가?'

이 질문에 대한 답을 찾는 것은 어렵지 않았다.

자신이 가장 절실했다.

청우 로열스와 옵션 계약을 맺었던 오억을 수령할 수 있느냐?

또 통합 우승을 차지해서 메이저리그라는 세계 최고의 무대에 진출할 수 있는 필요조건을 충족시킬 수 있느냐?

한국시리즈 최종전 결과에 무척 많은 것이 걸려 있었기 때문이었다.

"드리고 싶은……."

그래서 박건이 막 입을 열다가 도중에 멈췄다.

백선형이 한 발 더 빨리 나섰기 때문이었다.

"모두 주목해 주십시오."

팀의 주장인 백선형에게 모두의 시선이 쏠린 순간 그가 말을 이었다.

"한국시리즈 우승을 차지하면 무엇이 얼마나 달라질지 저는 모릅니다. 한 번도 우승을 해본 적이 없으니까요. 그래서 한번 경험해 보고 싶습니다. 한국시리즈 우승을 차지하면 얼마나 좋을지, 또 얼마나 많은 것이 달라질지가 무척 궁금하거든요. 다들 궁금하지 않습니까?"

팀의 주장인 백선형이 질문을 던지자 더그아웃 곳곳에서 대답이 터져 나왔다.

"저도 궁금합니다."

"우승 반지가 어떻게 생겼는지 궁금해 죽겠습니다."

"같이 한번 확인해 보시죠."

그 대답들을 듣고 희미하게 웃던 백선형이 다시 입을 뗐다.

"제 생각이 틀리지 않다면 이번이 제 야구 인생에서 마지막 한국시리즈일 수도 있을 것 같습니다. 그래서 더 절실합니다. 또 기왕 여기까지 온 이상 꼭 우승을 차지하고 싶습니다. 그래야 나중에 청우 로열스가 통합 우승을 할 당시 내가 주연이었다고 자식들에게 자랑할 수 있을 테니까요."

"아직 결혼 못 했으니까 자식이 없을 수도 있잖아?"

"선배님, 나중에 자식들에게 이 순간을 자랑하기 위해서라도 꼭 결혼할 겁니다."

백선형이 송성문의 날카로운 지적에 반박한 순간, 이번에는 양훈정이 끼어들었다.

"만약 청우 로열스가 우승을 하더라도 선배님이 우승의 주연은 아닌 것 같은데요? 주연은… 누가 뭐래도 박건이죠."

마치 약속이라도 한듯 모두의 시선이 박건에게로 쏠린 순간, 백선형이 웃으며 덧붙였다.

"그럼 난 명품 조연 정도로 만족하지. 주연은 박건에게 몰아주자고. 내 말, 무슨 뜻인지 알지?"

"살아 나가란 말씀이시죠?"

"그래. 무슨 수를 써서라도 살아 나가서 박건이 역사적인 한국시리즈 우승의 주연이 될 수 있는 기회를 주자고."

백선형이 한쪽 눈을 찡긋하며 박건에게 물었다.

"할 수 있겠지?"

그 질문을 받은 박건이 크게 숨을 내쉰 후 입을 뗐다.

"어머니가 오늘 경기장에 찾아와 계십니다. 아들이 출전하는 경기를 보시기 위해서 어렵게 회사에 휴가를 내시고 찾아오셨습니다. 그런 어머니에게 청우 로열스가 우승하는 모습을 꼭 보여드리고 싶습니다."

박건이 비장한 표정으로 입을 뗐다.

잠시 더그아웃에 흐르던 적막을 깬 것은 양훈정이었다.

"내 아내와 아들도 경기장에 찾아와 있다. 두 사람에게 청우 로열스가 우승하는 모습을 보여주고 싶어."

"제 부모님도 오셨습니다."

"내 딸도 와 있어. 우승 반지를 내 딸 손에 끼워주고 싶어."

양훈정을 시작으로 다른 선수들도 가족들을 생각하며 각오를 밝혔다.

그때, 박건이 다시 입을 뗐다.

"가족들만이 아닙니다. 저희를 응원하기 위해서 많은 팬들이 경기장을 찾아왔습니다. 청우 로열스가 우승을 차지해서 팬 분들에게 영원히 잊지 못할 좋은 추억을 선물하고 싶습니다."

박건의 이야기가 끝난 순간, 더그아웃 분위기가 숙연하게 변했다.

잠시 후, 백선형이 말했다.

"동수야, 사구에 맞아서라도 살아 나가라."

"넵."

9회 말의 선두타자인 고동수가 힘차게 대답한 후 타석으로 나설 채비를 시작할 때였다.

"포크볼."

이용운이 불쑥 말했다.

"투지는 생겼다. 그렇지만 투지만으로 출루에 성공할 수는 없다. 저니 레스터의 포크볼을 조심하라고 해."

그 이야기를 들은 박건이 서둘러 입을 뗐다.

"저니 레스터는 결정구로 포크볼을 선택할 겁니다."

*   *   *

2볼 2스트라이크.

투수에게 유리한 볼카운트에서 저니 레스터가 고동수를 상대로 5구째 공을 던졌다.

슈악.

스트라이크존을 통과할 것처럼 보이다가 마지막 순간에 타자 바깥쪽으로 휘어져 나가는 슬라이더의 각은 무척 예리했다.

스트라이크존을 통과한다고 판단해서 배트를 휘두르던 고동수가 마지막 순간에 가까스로 배트를 멈춰 세웠다.

"볼."

주심이 고동수의 배트가 돌지 않았다고 판단하며, 풀카운트로 바뀌었다.

이어진 6구째.

저니 레스터의 손을 떠난 공이 홈플레이트로 날아들었다.

한가운데로 파고들던 공이 홈플레이트 앞에서 뚝 떨어졌다.

고동수의 헛스윙을 끌어내기 위한 낙차 큰 포크볼.

무척 훌륭한 결정구였다.

그렇지만 고동수는 미동도 하지 않고 참아냈다.

저니 레스터가 결정구로 포크볼을 구사할 것이란 박건의 충고가 빛을 발한 셈이었다.

끈질긴 승부 끝에 볼넷을 얻어낸 고동수가 출루에 성공하면서 청우 로열스에 마지막 찬스가 찾아왔다.

무사 1루 상황에서 타석에 들어선 임건우는 번트 자세를 취했다.

희생번트 작전을 예상한 우송 선더스 내야 수비진이 극단적인 수비 시프트를 펼치는 것을 확인한 박건이 고개를 돌렸다.

'작전이 걸린 게 아냐.'

한창기 감독은 자리에 앉은 채 마치 관중처럼 그라운드를 바라보고 있었다.

"아까 내가 말했잖아. 양 팀 감독들은 할 수 있는 것을 다 한 상황이라고."

이용운도 박건의 짐작이 맞다고 확인해 주었다.

"한창기 감독은 한국시리즈 최종전을 연장으로 끌고 갈 생각이 없다. 그래서 희생번트 작전을 지시하지 않은 것이지."

'그런데 왜 임건우는 번트 자세를 취하고 있는 거지? 혹시… 버스터?'

박건이 의문을 품었을 때였다.

슈악.

저니 레스터가 임건우를 상대로 초구를 던졌다.

바깥쪽 낮은 코스로 파고드는 슬라이더에 임건우가 번트를 댔다.

툭.

힘 조절에 실패한 것처럼 둔탁한 타격음이 흘러나왔다.

타다닷.

투구를 마치자마자 번트 수비를 하기 위해서 대시하던 저니 레스터가 당황한 기색을 드러냈다.

임건우의 번트 타구가 떠올랐기 때문이었다.

"푸시번트."

살짝 떠오른 번트 타구를 확인한 박건이 벌떡 일어났다.

"넘겨라."

필사적으로 대시를 멈추는 데 성공한 저니 레스터가 몸의 중심을 뒤로 가져가며 글러브를 높이 들어 올렸다.

그러나 임건우의 번트 타구는 저니 레스터가 들어 올린 글러브를 살짝 넘기고 그라운드에 떨어졌다.

통. 통. 통.

바운드를 서너 차례 일으킨 임건우의 번트 타구가 그라운드 위에 멈춰 섰다.

저니 레스터가 공을 집어 들었지만, 이미 전력 질주 한 임건우는 1루 베이스를 통과한 후였다.

송구를 포기한 저니 레스터가 당황한 기색으로 고개를 절레절레 흔들었다.

임건우의 푸시번트가 내야안타가 된 순간, 청우 로열스 더그아웃 분위기가 달아올랐다.

무사 1, 2루의 찬스는 3번 타자 양훈정에게 이어졌다.

대기타석으로 걸어가던 박건과 1루 주자 임건우의 시선이 부딪쳤다.

그 순간, 임건우가 박건을 손으로 가리킨 후 자신의 머리에 갖다 댔다. 그리고 큰 목소리로 소리쳤다.

와아.

와아아.

청우 로열스가 9회 말 정규이닝 마지막 공격에서 득점 찬스를 만들자, 관중들의 함성이 거세졌다.

가뜩이나 청력에 문제가 있는 박건에게는 임건우의 방금 외침이 들리지 않았다.

그러나 임건우의 제스처를 통해서 대략 짐작은 가능했다.

'네가 푸시번트를 시도해서 성공시켰던 것을 더그아웃에서 지켜봤던 덕분에 나도 푸시번트를 떠올렸다.'

임건우가 이렇게 소리쳤을 거라고 짐작한 순간, 이용운이 대신 임건우의 말을 전달해 주었다.

"네가 푸시번트를 시도해서 성공시키는 것을 떠올리고 나도 푸시번트를 시도했다."

'대충 비슷하네.'

자신이 했던 짐작과 엇비슷한 내용이라고 판단한 박건이 희미한 미소를 머금었을 때였다.

임건우가 다른 제스처를 취하며 소리쳤다.

주먹을 쥔 임건우가 새끼손가락을 들어 올렸다.

'난 약속을 지켰다고 얘기하는 거로군.'

박건이 그 제스처를 보고 짐작한 내용은 이번에도 어느 정도

적중했다.

"무슨 수를 써서라도 출루하겠다는 약속을 난 지켰다. 이제 후배가 약속을 지킬 차례라고 하는군."

박건이 가볍게 고개를 끄덕이며 양훈정과 저니 레스터가 승부를 펼치는 모습을 지켜보기 시작했다.

슈악.

저니 레스터가 초구를 던진 순간, 양훈정이 힘껏 배트를 휘둘렀다.

부우웅.

그러나 양훈정이 휘두른 배트는 허공을 갈랐다.

홈플레이트 앞에서 뚝 떨어지는 포크볼에 제대로 대처하지 못한 것이었다.

노 볼 1스트라이크의 볼카운트에서 저니 레스터가 2구를 던졌다.

슈악.

저니 레스터의 선택은 이번에도 포크볼.

달라진 것은 양훈정의 대처였다.

타격자세를 취하고 있던 양훈정은 돌연 번트 자세를 취했다.

틱. 데구르르.

한창기 감독의 지시에 의한 희생번트가 아니었다.

양훈정이 시도한 것은 기습번트였다.

기습번트의 방향은 1루 쪽이었다.

초구에 크게 헛스윙을 한 상황.

게다가 양훈정은 번트에 익숙지 않은 클린업트리오에 포함된 중심타자였다.

그래서 양훈정이 기습번트를 시도할 거라고 예상치 못했던 1루수는 정상 수비를 펼치고 있었다.

투수인 저니 레스터가 재빨리 달려와서 번트 타구를 잡아내자마자 1루로 송구했다.

"세이프."

박건이 부지불식간에 소리쳤다.

전력 질주를 펼친 후 헤드퍼스트슬라이딩까지 감행한 양훈정의 손끝이 1루 베이스에 닿은 것과 저니 레스터의 송구가 1루수가 앞으로 쭉 내밀고 있던 글러브에 도착한 것은 거의 동시였다.

간절한 마음을 담아 박건이 '세이프'를 외쳤지만, 1루심의 판단은 달랐다.

"아웃."

송구가 도착한 것이 조금 더 빨랐다고 판단한 1루심은 아웃을 선언했다.

퍽. 퍽.

양훈정이 아쉬움을 감추지 못하고 다시 일어서지도 못한 채 주먹으로 그라운드를 때렸다.

박건 역시 아쉬운 기색을 드러내고 있을 때였다.

"양훈정은… 최선을 다했다. 자신의 타격감이 최악이라는 사실을 알고 있기 때문에 어떻게든 살기 위해서 기습번트를 감행했으니까."

이용운의 말처럼 한국시리즈에서 양훈정의 타격감은 아주 좋지 않았다.

'병살타를 때려내서 마지막 찬스를 허무하게 날리지 않을까?'

해서 양훈정은 최악의 상황까지 가정했을 것이었다. 그리고 최소 진루타를 만들어내기 위해서 필사적으로 고민을 거듭한 끝에 기습번트를 시도했으리라.

양훈정이 우송 선더스 수비진의 허를 찌르는 기습번트를 감행하면서 바란 것은 주자들을 진루시키고 본인도 1루에서 살아남는 것.

그렇지만 머릿속으로 그렸던 최상의 상황을 만들지 못했기 때문에 아쉬움을 드러내는 것이었다.

1사 2, 3루로 바뀐 상황에서 박건이 타석으로 들어섰다.

와아.

와아아.

한국시리즈 우승을 확정할 수 있는 상황에서 박건이 타석에 들어서자, 청우 로열스 홈 팬들이 응원의 함성을 보내기 시작했다.

'약속을… 지킨다.'

박건이 각오를 다지며 우송 선더스 더그아웃을 힐끗 살폈다.

'혹시 투수를 교체하지 않을까?'

이런 생각이 들어서였다.

그렇지만 장정훈 감독은 움직이지 않았다.

"어차피 남은 투수도 없다."

박건의 생각을 읽은 이용운이 확인해 주었다.

'그럼 이제 남은 건… 저니 레스터와 나의 싸움뿐이다.'

후우.

크게 심호흡을 한 박건이 잔뜩 웅크렸을 때, 저니 레스터가
투구 동작에 돌입했다.

슈아악.

팡.

저니 레스터가 선택한 초구는 바깥쪽 직구.

박건은 타격하지 않고 그대로 지켜보았다.

수 싸움이 빗나갔기 때문이 아니었다.

"볼."

저니 레스터가 구사한 초구가 스트라이크존을 크게 벗어났기
때문이었다.

'제구가 안 된다?'

박건이 저니 레스터를 노려보고 있을 때, 이용운이 소리쳤다.

"2구째는 무조건 헛스윙해라."

*   *   *

'스윙이 아니라 헛스윙을 하라고?'

잘못 들은 게 아니었다.

이용운은 스윙을 하라고 지시한 게 아니라 헛스윙을 하라고
지시했다.

'왜 무조건 헛스윙을 하라는 거지?'

그로 인해 박건이 의문을 품었을 때였다.

저니 레스터가 투구 동작을 마치고 2구째 공을 던졌다.

슈악.

'슬라이더. 이번에도… 벗어났다.'

박건이 두 눈을 빛냈다.

저니 레스터의 손에서 공이 떠난 순간, 이번에도 스트라이크 존을 벗어나는 바깥쪽 슬라이더임을 확연히 알 수 있었다.

그래서 박건이 타격하지 않기로 결심했을 때였다.

"스윙해."

이용운이 버럭 소리쳤다.

그 외침을 듣는 순간, 몸이 먼저 반응했다.

부우웅.

이용운의 지시대로 박건이 스윙했다.

그렇지만 제대로 된 스윙은 되지 못했다.

저니 레스터의 2구째 공이 홈플레이트를 통과한 후에 맥없이 배트가 돌아간 어정쩡하기 짝이 없는 스윙이 나왔다.

"…스트라이크."

오죽했으면 주심도 당황해서 스트라이크 선언이 늦었을 정도였다.

'부끄럽다.'

어글리 스윙(ugly swing).

팬들의 눈살을 찌푸리게 만들기에 충분할 정도로 엉성한 어글리 스윙이었다는 것은 스윙을 했던 장본인인 박건이 가장 잘 알았다.

그로 인해 박건의 얼굴이 벌겋게 달아올랐을 때였다.

"타임."

한창기 감독이 더그아웃을 박차고 걸어 나왔다.

"어디 안 좋아?"

"네?"

"몸이 아픈 곳이 있냐고?"

한창기 감독은 다짜고짜 어디 아프냐는 질문을 던졌다.

그가 이런 질문을 던지는 이유를 알아챈 박건이 재차 얼굴을 붉혔다.

아까 자신이 했던 스윙이 워낙 평소와 달랐기에 혹시 몸에 이상이 생긴 게 아닐까 하는 우려가 든 한창기 감독이 타임을 요청하고 나와서 이런 질문을 던지는 것이었다.

"멀쩡합니다."

박건이 대답했지만, 한창기 감독은 바로 더그아웃으로 돌아가지 않았다.

"그런데 왜 그런 스윙을 했어?"

"그게……."

"너무 부담 갖지 마."

"네?"

"만약 네가 찬스에서 해결하지 못하더라도 앤서니 쉴즈가 남아 있다. 그러니까 너무 부담 갖지 말라고."

한창기 감독은 가장 중요한 승부처에서 타석에 들어선 박건의 부담이 너무 커서 어글리 스윙을 한 것이라고 판단한 듯 보였다.

그 이야기를 들은 박건이 서둘러 말했다.

"알겠습니다."

"진짜 괜찮은 거지?"

"네."

박건이 재차 대답하고 나서야 한창기 감독은 더그아웃으로 돌아갔다.

그 순간, 이용운이 불쑥 물었다.

"앤서니 쉴즈를 믿냐?"

"당연히… 못 믿습니다."

박건이 솔직하게 대답했다.

한국시리즈에 접어든 후, 양훈정만 타격감이 좋지 않은 게 아니었다.

앤서니 쉴즈 역시 타격감이 좋지 않은 것은 마찬가지였다.

"나도 마찬가지다."

이용운이 화답했다.

만약 대기타석에 서 있는 앤서니 쉴즈가 들었다면 충분히 서운함을 느낄 수도 있는 대화가 오갔다.

"그래서 아까 스윙을 하라고 지시했었다."

"……?"

"저니 레스터도 비슷한 생각을 하고 있을 가능성이 높거든."

'비슷한 생각이라면?'

박건이 곧 이용운이 한 말뜻을 이해했다.

앤서니 쉴즈는 최근 타격감이 좋지 않다.

1루가 비어 있는 상황.

박건과 무리하게 승부 하는 것보다는 비어 있는 1루를 채운 후 앤서니 쉴즈와 승부 하는 편이 더 낫다.

마운드에 서 있는 저니 레스터가 이런 생각을 했을 가능성이 높다는 뜻이었다.

'선배님 말씀이 맞아.'

저니 레스터가 자신을 상대로 던졌던 초구를 박건이 떠올렸다.

초구로 구사했던 바깥쪽 직구는 스트라이크존을 크게 벗어났었다.

그의 손에서 공이 떠난 순간 볼이라는 것을 알 수 있었을 정도로.

저니 레스터는 평소 제구가 나쁜 편이 아니었다.

그래서 당시 박건은 저니 레스터의 제구가 왜 갑자기 흔들리는지 의문을 품었었다.

그리고 2구도 마찬가지였다.

저니 레스터가 던진 2구째 바깥쪽 슬라이더 역시 그의 손에서 공이 떠난 순간 볼임을 확연히 알 수 있었다.

만약 박건이 어글리 스윙을 하지 않았다면?

주심은 볼로 판정했을 것이었다.

철저하게 바깥쪽 승부를 가져가는 것은 이해할 수 있었다.

장타를 의식하지 않을 수 없는 상황이었으니까.

그렇지만 스트라이크존을 크게 벗어나는 공을 잇따라 던지는 것은 자신과의 승부를 피하기 위함이라는 합리적인 의심이 드는 상황이었다.

"그래서 아까 헛스윙을 하라고 말씀하셨던 거군요."

"이유를 알아챘어?"

"저니 레스터가 욕심을 부리게 만들기 위해서가 맞습니까?"

"확실히 서당 개는 더 이상 후배의 경쟁 상대가 되지 못하는 구나."

'맞다는 뜻이네.'

박건이 흐릿한 미소를 머금었다.

이미 저니 레스터는 자신과 승부를 하지 않기로 어느 정도 결심한 상황이었다.

그리고 2볼 노 스트라이크의 불리한 볼카운트에 몰리면 저니 레스터는 박건과의 승부를 완전히 단념하고 후속 타자인 앤서니 쉴즈를 상대하기로 결심을 굳힐 확률이 높았다.

해서 이용운은 아까 2구째 공에 무조건 헛스윙을 하라고 지시했던 것이었다.

2볼 노 스트라이크와 1볼 1스트라이크.

투수는 볼카운트에 따라서 생각이 바뀌게 마련이었기 때문이었다.

"3구는… 지켜보자."

박건이 고개를 끄덕인 후, 다시 타격자세를 취했다.

슈아악.

저니 레스터가 던진 3구 역시 바깥쪽이었다.

그렇지만 다른 점이 있었다.

스트라이크존을 크게 벗어나지 않고 스트라이크존을 살짝 걸치며 홈플레이트를 통과했다는 점이었다.

"스트라이크."

주심이 스트라이크를 선언한 순간, 박건이 타석에서 물러나며 주심에게 항의했다.

"너무 멀었습니다."

"존에 걸쳤어."

"분명히 멀었는데."

"걸쳤다니까."

주심이 언성을 높인 순간, 박건은 더 항의하는 대신 수긍하며 물러섰다.

후우.

주심의 판정으로 인한 흥분을 삭히려는 듯 박건이 크게 한숨을 내쉬었다.

그러나 박건은 전혀 흥분하지 않았다.

"스트라이크를 던졌습니다."

"후배와 승부 하기로 결심했다는 뜻이지."

1볼 2스트라이크인 볼카운트.

투수에게 압도적으로 유리했다.

이제 저니 레스터가 박건과의 승부를 포기하기는 어려웠다.

"수 싸움을 할 때가 됐다는 뜻이기도 하지."

이용운이 덧붙였다.

"4구째로 어떤 공을 던질까?"

"설마 모르시는 겁니까?"

"당연히 알지. 그런 후배는 알고 있나?"

"짐작이 가는 게 있습니다."

"그럼 셋 세고 난 후 동시에 말해볼까?"

"좋습니다."

"하나 둘 셋."

이용운이 카운트를 마쳤다.

"포크볼."

박건과 이용운이 동시에 말했다.

제2장

　고동수의 볼넷에 이어 임건우의 기가 막힌 푸시번트가 나오면서 무사 1, 2루로 상황이 바뀐 순간, 송이현은 벌떡 일어나고 싶었다.

　그렇지만 옆에 앉아 있는 송수백이 자꾸 신경이 쓰였다.

　'흥분도 안 되시나?'

　현재 스코어 2―3.

　청우 로열스가 한 점 차로 뒤지고 있었다.

　만약 9회 말에 찾아온 마지막 기회를 놓친다면 한국시리즈 우승을 우송 선더스에 넘겨주게 되는 상황이었다.

　이번 찬스에서 최소 동점을 만들어야만 경기가 연장으로 접어들 수 있었고, 만약 역전을 만들면 청우 로열스의 통합 우승이 확정되는 것이었다.

청우 로열스의 한 시즌 농사가 결정될 수도 있는 순간.

그럼에도 불구하고 송수백은 담담한 표정으로 그라운드를 응시하고만 있었다.

'불편하다, 불편해.'

송이현이 한숨을 내쉬며 다시 그라운드를 바라보았다.

무사 1, 2루에서 타석에 등장한 양훈정이 기습번트를 시도한 순간, 송이현이 더 버티지 못하고 자리를 박차고 벌떡 일어났다.

"뛰어."

번트를 댄 후 1루를 향해 전력 질주 하는 양훈정에게 송이현이 소리쳤다.

잠시 후, 양훈정이 헤드퍼스트슬라이딩을 감행하는 모습을 확인한 송이현이 앞으로 다가가며 가로로 양팔을 벌렸다.

"세이프."

그러나 1루심의 판단은 달랐다.

"아웃."

단호하게 아웃을 선언하는 1루심을 확인한 송이현이 청우 로열스의 더그아웃 쪽을 바라보았다.

"왜 비디오판독을 안 하는 거야?"

한창기 감독은 1루심의 판정에 항의하기 위해서 그라운드로 달려 나오지 않았다.

또, 비디오판독도 요청하지 않았다.

"진짜 확 경질해 버릴라."

한창기 감독이 움직이지 않는 것을 확인한 송이현이 경질이란 단어를 입에 올린 순간, 제임스 윤이 끼어들었다.

"캡틴, 비디오판독을 요청하지 않는 게 아니라, 비디오판독을 요청할 수 없습니다. 이미 비디오판독 요청 기회를 다 사용했거든요."

"그럼… 1루심에게 항의라도 해야죠."

"지금 달려 나가서 항의를 한다 한들 원심이 바뀌지 않는다는 사실을 한창기 감독은 알고 있을 겁니다."

"그래도……."

"그리고 한창기 감독이 항의를 하지 않는 데는 다른 이유가 있습니다."

"어떤 이유요?"

"흐름을 끊지 않기 위해서입니다."

"흐름… 이요?"

"청우 로열스는 상승세를 타고 있습니다. 지금 항의를 하느라 시간이 지체되면 좋았던 흐름이 끊어질 수 있다. 이런 우려를 한 거죠."

제임스 윤의 친절한 설명 덕분에 비로소 상황을 이해한 송이현이 수긍한 표정으로 고개를 끄덕일 때였다.

"한창기 감독은 냉철함을 유지하고 있습니다. 그러니 캡틴도 흥분을 좀 가라앉히는 게 어떻습니까?"

"나도 그러고 싶은데… 흥분하지 않을 수 없는 상황이잖아요."

"그래도 보는 눈이 있으니까요."

"보는 눈이라면……."

제임스 윤의 시선은 송이현의 뒤편으로 향해 있었다.

그 시선이 향한 방향으로 고개를 돌렸던 송이현의 눈에 자신을 물끄러미 응시하고 있는 송수백의 모습이 들어왔다.

'까맣게 잊었네.'

송이현이 한숨을 내쉬었다.

줄곧 송수백을 의식하고 있었다. 그렇지만 한국시리즈 최종전 9회 말에 청우 로열스가 동점 내지 역전을 만들 수 있는 마지막 기회를 얻게 된 순간, 송이현은 송수백의 존재를 잊어버릴 정도로 흥분했다.

'또 실수했네.'

자책하던 송이현이 이내 고개를 흔들었다.

'흥분할 만하잖아.'

송이현 입장에서 흥분하는 것은 당연했다.

청우 로열스의 단장이었으니까.

오히려 너무 담담한 송수백의 반응이 이상한 것이라고 판단하며 송이현이 어깨를 으쓱하며 물었다.

"제가 한심했나요?"

"그 정도는 아니었다."

"한심해 보이더라도 어쩔 수 없어요. 도저히 차분하게 자리에 앉아서 지켜볼 수 있는 상황이 아니거든요."

송이현이 변명 아닌 변명을 꺼내고 있을 때였다.

송수백이 벌떡 자리에서 일어섰다.

'왜… 일어나셨지?'

벌떡 일어난 후 자신을 향해 걸어오는 송수백의 모습을 확인한 송이현이 의아함을 품었을 때였다.

와아.

와아아.

청우 로열스 홈 팬들의 거센 함정이 터져 나왔다.

그 순간, 송수백이 환하게 웃으며 말했다.

"야구는… 정말 재밌구나."

*   *   *

'포크볼.'

구종 예측까지 마친 상황이니 박건은 준비를 마친 셈이었다.

그렇지만 저니 레스터는 아직 준비가 덜 된 듯했다.

절레절레.

포수와 사인을 주고받던 저니 레스터는 몇 차례 고개를 흔들더니 투구판에서 발을 풀었다.

그 순간, 포수가 마운드로 걸어 나갔다.

마운드에서 만난 저니 레스터와 포수가 대화를 나누기 시작했다.

그렇지만 박건은 그들의 대화에 신경 쓰지 않았다.

'결국은 포크볼을 던질 거야.'

이런 확신이 있었기 때문이었다.

대신 박건은 이용운에게 물었다.

"우승하면 좋습니까?"

"좋다고 하더군."

"뭐가 얼마나 좋습니까?"

"나도 몰라."

"선배님이 왜 모르십니까?"

"나라고 다 알아야 해?"

"그건 아니지만……."

"우승을… 해본 적이 없다. 그러니 나도 모르지."

"……."

"그러니 후배가 알려줘. 우승을 하면 뭐가 얼마나 좋은지 말이다."

이용운이 부탁한 순간, 박건이 고개를 흔들며 입을 뗐다.

"직접 경험하시죠."

"응?"

"저희는 영혼의 파트너이니까요."

박건이 말을 마친 순간, 포수가 돌아왔다. 그리고 이번에는 아까와 달리 사인 교환에 시간이 걸리지 않았다.

슈악.

저니 레스터의 손에서 공이 떠난 순간, 박건이 두 눈을 빛냈다.

'포크볼.'

박건과 이용운이 했던 구종 예측이 적중했다는 사실을 알아챘기 때문이었다.

볼카운트가 투수에게 유리하게 바뀌면서 박건과의 승부를 결심한 저니 레스터는 바깥쪽 코스의 포크볼을 구사했다.

따악.

정확한 타이밍에 배트 중심에 걸린 타구는 우익수 방면으로 날아갔다.

와아.

와아아.

숨을 죽인 채 박건과 저니 레스터의 승부를 바라보고 있던 경기장을 찾은 관중들이 큰 함성을 내질렀다.

그렇지만 정작 박건은 타구의 궤적을 눈으로 좇지 않았다.

'1사 2, 3루 상황. 변수는 많은 만큼 전력 질주를 해야 해.'

우전안타가 되더라도 2루 주자가 홈승부를 펼치다가 횡사할 수도 있었다.

그때는 박건이 스코어링 포지션에 진루해 있어야만 후속 타자에게 끝내기 기회가 이어질 수 있었다.

'어차피 선배님이 날 대신해 타구를 보고 계시니까.'

자신을 대신해서 타구를 살필 이용운이 존재했기에 박건은 타구를 확인하는 대신 전력 질주를 펼쳤다.

탁.

박건이 1루 베이스를 밟고 2루로 달리기 시작했을 때였다.

"속도를 줄여라."

이용운이 말했다.

"하지만……."

"그만 달리고 타구를 후배가 직접 확인해라."

'왜?'

박건이 의아한 표정을 지었다.

이용운이 타구의 궤적과 수비 상황을 확인해 알려주고, 박건은 이용운의 조언을 들으며 베이스러닝을 하는 것.

박건과 이용운이 파트너가 된 후 암묵적으로 동의한 사안이었다.

그런데 이번에는 달랐다.

이용운은 박건에게 직접 타구를 확인하라고 말했다.

"평생 잊지 못할 추억이 될 순간을 놓치지 마라."

그때 이용운이 덧붙였다.

'평생 기억할 추억?'

"빨리."

"……?"

"더 늦으면 놓친다."

이용운의 재촉을 받은 박건이 달리던 속도를 늦추며 비로소 외야 쪽으로 고개를 돌렸다.

그런 박건의 눈에 타구를 끝까지 쫓아간 우송 선더스 우익수가 점프캐치를 시도하는 모습이 보였다.

그러나 역부족이었다.

박건이 때린 타구는 우익수가 높이 들어 올리고 있던 글러브를 훌쩍 넘기고 그라운드에 떨어졌다.

툭. 툭. 툭.

무심한 바운드를 일으키면서 펜스를 향해 굴러가는 타구.

점프캐치에 실패한 후 그라운드에 쓰러져 버리는 우송 선더스 우익수의 모습.

패배를 직감한 우송 선더스 선수들이 절망하며 고개를 떨구는 모습.

마치 3루 주루코치처럼 팔을 힘껏 돌리고 있는 관중의 모습.

그리고 중계플레이가 이뤄지지 않고 있음에도 불구하고, 전력 질주를 한 끝에 홈플레이트 앞에서 헤드퍼스트슬라이딩을 감행하는 임건우의 모습까지.

그 모든 장면들이 슬로 비디오처럼 느릿하게 흘러가며 박건의 머릿속에 차례차례 각인됐다.

'날 위한 배려.'

잠시 후, 박건은 이용운에게 감사한 마음을 느꼈다.

아까 이용운의 말대로였다.

지금 머릿속에 각인된 장면들은 박건에게 평생 잊지 못할 추억이 될 터.

이용운이 박건에게 직접 타구를 확인하라고 재촉했던 것은 그 추억들을 선사하기 위한 배려였다.

'이겼다.'

박건이 양팔을 높이 들어 올렸다.

"선배님, 이겼습니다."

"축하한다."

짤막한 치사였지만, 박건은 만족했다.

축하한다는 말을 건네는 이용운의 목소리에는 감출 수 없는 흥분과 희열이 묻어나고 있었으니까.

"우리가 이겼습니다."

"우리?"

"저 혼자 한 게 아니니까요. 같이 한 겁니다."

"빈말이라도 고맙⋯⋯."

"빈말이 아닙니다. 진심입니다. 감사합니다. 그리고⋯⋯."

"그리고 뭐냐?"

"오 대……."

박건은 대답을 마치지 못했다.

강한 충격이 뒤통수에 전해졌기 때문이었다.

"멋진 새끼, 결국 해낼 줄 알았다."

가장 먼저 달려온 백선형이 주먹으로 박건의 헬멧을 때리며 소리쳤다.

"이게 말이 돼?"

"우리가 우승했다."

"MVP 박건."

"네가 우리의 영웅이다."

백선형의 뒤를 이어서 더그아웃을 박차고 나온 팀원들이 한국 시리즈 최종전에서 끝내기안타를 기록한 박건을 축하해 주었다.

'진짜 우승했구나.'

한 번도 상상조차 못 해본 장면 속의 주인공이 됐다는 것이 실감 나기 시작한 것은 관중석에서 흐느끼고 계신 어머니의 모습을 보고 난 후였다.

"우리가… 진짜 우승한 게 맞습니까?"

박건의 질문을 받은 이용운이 대답했다.

"그래, 우승했다. 그리고 이제 진짜 출발대 앞에 섰다."

*   *   *

〈한국시리즈 MVP, 만장일치로 박건 선수가 수상〉

기자단 투표에서 만장일치로 한국시리즈 MVP로 뽑힌 박건에게 주어진 부상은 고급 세단이었다.

'팔아야 하나?'

고급 세단을 부상으로 받게 된 순간, 박건이 고민했다.

고급 세단의 가격은 대략 사천만 원.

적은 돈이 아니었다.

이용운과 수익배분을 하기로 한 만큼, 박건이 그로 인해 고민할 때였다.

"팔 필요 없다."

박건의 고민을 읽은 듯 이용운이 말했다.

"수익을 배분할 필요가 없다는 뜻이다."

"하지만……."

"푼돈이니까."

'이게 푼돈이라고?'

박건이 깜짝 놀랐다.

박건과 이용운은 수익을 6 대 4로 배분하기로 했다.

대충 계산해도 이용운이 거둘 수익은 약 1,600만 원이었다.

그럼에도 불구하고 이용운은 푼돈이라고 말했다.

'혹시 차에 대해 잘 모르시나?'

해서 박건이 속으로 생각했을 때였다.

"이제부터는 단위가 달라질 것이다."

"네?"

"메이저리그에 진출해서 활약하면 우리가 거둬들일 수 있는 수익의 단위가 달라질 거란 뜻이다. 그래서 푼돈이라고 말한 것이다."

"그러니까… 부상으로 받은 차에 대한 수익배분을 포기하신다는 뜻이죠?"

"그래."

"나중에 딴말 하기 없습니다."

"내가 그 정도로 한심한 사람, 아니, 귀신은 아니다. 그리고 내 짐작이 틀리지 않다면, 메이저리그에 진출하기 전에도 꽤 큰돈이 들어올 것이다."

"오억 말씀이신가요?"

"오억은 당연히 들어올 돈이고."

이용운의 대답을 들은 박건이 의문을 표했다.

"그것 말고 또 무슨 돈이 들어온단 말입니까?"

"곧 알게 될 것이니까 기다려라."

이용운은 자세한 설명을 피했다.

더 재촉할 수 없는 노릇이었기에 박건이 다시 한국시리즈 MVP로 선정되며 받은 부상인 고급 세단에 대해서 고민했다.

"선배님이 권리를 포기하셨으니까 차는 처분하겠습니다. 현금으로 바꾸는 편이……."

잠시 후, 박건이 고급 세단을 팔기로 결정했을 때였다.

"팔지 마라."

이용운이 반대했다.

"왜 팔지 말라는 겁니까?"

"쓸데가 있다."

"어디요?"

박건이 의아한 표정을 짓고 있을 때, 이용운이 다시 입을 뗐다.

"송해일."

"……?"

"경기장에 찾아와서 울었던 아이, 기억하지? 그 아이의 이름이다."

*   *   *

박건이 홈런을 때려냈을 때, 눈물을 펑펑 쏟아내던 모습이 중계 카메라에 잡히면서 큰 화제가 됐던 아이는 당연히 기억하고 있었다.

그렇지만 그 아이의 이름이 송해일이라는 것까지는 알지 못했다.

"어떻게 이름을 아셨습니까?"

"송이현 단장이 일했다."

"네?"

"그 아이를 찾아냈단 뜻이다. 그래서 기사도 여러 차례 났었지."

한국시리즈는 야구팬들의 이목이 집중되는 축제였다. 그래서 경기 내용뿐만 아니라, 경기 외적인 요소들도 이슈가 되기 일쑤였다.

그렇지만 박건이 송해일이란 아이가 이슈가 됐다는 것을 알지 못했던 이유는 경기에만 집중하기 위해 TV 뉴스는 물론이고 포털사이트 기사도 일체 접하지 않았기 때문이었다.

"그 아이 이름이 송해일이었군요."

박건이 눈물을 펑펑 쏟아내던 아이의 모습을 떠올리며 질문했다.

"그런데 갑자기 왜 그 아이 이야기를 꺼내시는 겁니까?"

"후배에게 부탁하고 싶은 게 있어서다."

"어떤 부탁입니까?"

"그 아이, 고아다."

"고아… 요?"

박건이 깜짝 놀랐다.

당연히 부모님과 함께 경기를 보기 위해서 야구장을 찾았던 거란 예상이 빗나갔기 때문이었다.

"청우 로열스 프런트에서 아이빌리지란 복지시설에서 생활하는 아이들을 한국시리즈 경기에 초청했었다. 해일이는 그 복지시설에서 생활하는 아이들 중 한 명이고."

"그랬군요. 그런데 아까 제게 부탁이 있다고 말씀하셨지 않습니까? 어떤 부탁입니까?"

"부상으로 받았던 차를 복지시설에 기부했으면 한다."

"기부를 하자고요?"

"그래. 아이빌리지에서 아이들의 이동을 위해서 운용하던 승합차가 너무 낡고 오래돼서 얼마 전에 폐차를 했다고 하더구나. 그래서 이번에 경기장을 찾아올 때도 버스를 타고 이동했다고 했고."

박건이 안타까운 표정을 지었을 때, 이용운이 덧붙였다.

"후배에게 강요하는 것은 아니다. 그래서 아까 부탁이라고 표현했던 것이고. 한국시리즈 MVP를 차지해서 부상으로 자동차를 받은 건 후배인 만큼 선택은 결국 후배의 몫이다."

그 이야기를 들은 박건이 희미한 미소를 머금었다.

"어렵네요."

"선택이 어렵단 뜻이야?"

"거절이 어렵다는 뜻입니다."

"응?"

"이렇게까지 말씀하시는데 제가 거절하면 진짜 나쁜 놈이 되지 않겠습니까?"

박건이 웃으며 말을 마쳤을 때였다.

"그래도 아깝긴 하지?"

이용운이 물었다.

'역시 날 잘 알아.'

박건이 부인하지 못하고 멋쩍게 웃었을 때였다.

"아까워도 스타플레이어라면 이런 선행을 하는 게 맞다."

"방금 선배님께서 말씀하신 스타플레이어가… 저입니까?"

"당연하지."

"그 표현은 좀 과한 것 같은데요."

박건이 부담스런 표정을 지었지만, 이용운은 표현을 바꾸지 않았다.

"실감을 못 하고 있을 뿐 후배는 스타플레이어가 맞다. 앞으로도 후배가 스타플레이어라는 사실을 잊으면 안 된다. 그리고 후배의 영향력이 커진 만큼 스타플레이어답게 행동해야 한다."

"꼭 기부하란 뜻이죠?"

"팬들을 잊지 말란 뜻이다. 팬이 있기 때문에 후배도 야구를 계속할 수 있으니까."

"명심하겠습니다."

그 충고를 마음에 새기던 박건이 잠시 후 난감한 표정을 지었다.

"그런데 문제가 있습니다."

"무슨 문제지?"

"선배님도 아시다시피 제가 한국시리즈 MVP 부상으로 받은 자동차는 세단입니다. 그런데 복지시설에는 세단보다 승합차가 더 필요하지 않을까요?"

"그건 걱정할 것 없다. 그 문제를 해결해 줄 사람이 있으니까."

"누구요?"

박건이 의문을 품었을 때였다.

지이잉. 지이잉.

탁자 위에 올려둔 휴대전화가 진동했다.

"단장님이시네요."

발신자가 송이현이라는 사실을 확인한 순간, 이용운이 말했다.

"송이현 단장도 양반은 못 되는구나."

*   *   *

똑똑.

박건이 문을 두드렸지만, 아무 응답이 없었다.

그래서 다시 문을 두드리려고 했을 때, 송이현 단장의 목소리가 뒤편에서 들려왔다.

"빨리 왔네요."

가쁜 숨을 몰아쉬며 생긋 웃는 송이현 단장에게 박건이 물었다.

"어딜 그렇게 바쁘게 다녀오시는 겁니까?"

"좀 바빴어요. 이게 다 박건 선수 때문이랍니다."

"네?"

"박건 선수가 제게 부탁했잖아요. 그 부탁을 들어주기 위해서 바쁘게 움직였죠."

박건이 송이현에게 했던 부탁은 부상으로 받았던 고급 세단을 팔고 승합차를 구입해서 송해일이 생활하는 복지시설인 아이빌리지에 기부할 수 있도록 도와달라는 것이었다.

불과 몇 시간 전에 했던 부탁.

그런데 송이현 단장은 벌써 그 부탁을 들어주기 위해서 바쁘게 움직이고 있는 것이었다.

"그렇게 서두르실 필요는 없는데……."

박건이 미안한 표정으로 입을 뗐지만, 송이현은 단호하게 고개를 흔들었다.

"1순위입니다."

"네?"

"누구 부탁인데 꾸물거리겠어요? 박건 선수의 부탁이 무조건 1순위란 뜻입니다."

"그렇게까지 하실 필요는……."

"이미 다 처리했어요."

"벌써요?"

"승합차를 구입해서 박건 선수 이름으로 아이빌리지에 기부할 거예요. 생색은 아니지만, 최고급 승합차로 구입했습니다. 물론 박건 선수가 부상으로 받은 세단 판매 금액과 최고급 승합차 구입 금액 사이에서 약간의 차액은 발생했지만, 그건 구단에서 부담하기로 했어요."

"그럴 필요 없습니다. 제가……."

"나도 좋은 일 하는 데 동참하고 싶어서 그래요. 기회를 줄 거죠?"

"감사합니다. 그리고 빨리 처리해 주셔서 감사합니다. 덕분에 아이들의 불편함이 줄어들겠네요."

박건이 감사 인사를 건네자 송이현이 한숨을 내쉬었다.

"갑자기 왜 한숨을 내쉬시는 겁니까? 차액이 많이 발생했습니까?"

"그게 아니라… 좀 그래서요."

"……?"

"박건 선수와 이야기하다 보니 내가 속물처럼 느껴진달까요?"

"무슨 말씀이신지?"

"내가 이번 일을 서두른 건 타이밍이 중요하다고 판단했기 때문이에요."

"타이밍… 이요?"

"한국시리즈가 막을 내렸지만, 워낙 명승부가 펼쳐졌던 덕분에 아직 야구 열기가 식지 않았어요. 그래서 야구팬들의 관심이 뜨거울 때, 박건 선수가 복지시설인 아이빌리지에 승합차를 기부했다는 소식을 알리고 싶었어요. 더 많은 사람들에게 선행을 알릴 수 있으니까요."

"그런 이유 때문이라면 서두르실 필요가 없었습니다."

"왜요?"

"대단한 일을 한 것도 아닌데 쑥스러워서요."

박건이 상기된 얼굴로 대답하자, 송이현은 손사래를 쳤다.

"대단한 일을 한 거죠. FA 대박 계약을 체결한 선수 가운데 기부를 한 선수는 거의 없어요. 그런데 박건 선수는 FA 대박 계약을 체결하지도 않았고, 박건 선수의 올 시즌 연봉이 얼마인지 저를 비롯한 야구팬들도 잘 알고 있어요. 그래서 박건 선수가 얼마나 큰 결단을 내렸는지도 충분히 짐작할 수 있어요. 그러니 쑥스러워할 필요 없어요. 그리고 저는 청우 로열스 프런트의 수장이에요. 이런 미담은 최대한 널리 알려야 할 책임이 있어요."

"그렇지만……."

"박건 선수를 위한 것도 있지만, 실은 다른 이유도 있어요."

"다른 이유가 뭡니까?"

"청우 로열스, 그리고 청우 그룹의 홍보 효과를 극대화하기 위함이죠. 수억의 돈을 쓰면서 광고하는 것보다 훨씬 더 큰 효과를 낼 확률이 높거든요."

송이현의 대답을 들은 박건이 내심 감탄했다.

선수인 박건과 프런트 수장인 단장 송이현이 바라보는 시선.

분명히 달랐기 때문이었다.

"송이현 단장은 일 처리만 빠릿빠릿한 게 아니라 경영 감각도 있구나."

그때, 이용운이 송이현을 칭찬했다.

그 칭찬에 수긍하며 박건이 작게 고개를 끄덕일 때였다.

"그런데 내가 놓쳤던 게 있어요."

송이현이 돌연 실수를 고백했다.

"뭘 놓치셨던 겁니까?"

박건이 질문하자, 송이현이 대답했다.

"아이들이요. 승합차가 폐차된 탓에 아이들이 불편을 겪고 있다는 생각은 전혀 하지 못했어요. 그리고 이게 내가 아까 속물같이 느껴졌다고 자책했던 이유예요. 어쨌든 박건 선수에게 또 신세를 졌네요. 박건 선수 덕분에 제게 부족한 부분이 무엇인지 또 한 번 깨달았으니까요."

박건이 어떻게 반응해야 할지 몰라 난감한 표정을 짓고 있을 때였다.

"내 말을 전해다오."

이용운이 부탁했다.

'또 이상한 말 하려는 것 아냐?'

박건이 불안한 표정을 지은 채 입을 뗐다.

"야구는 인생의 축소판이란 이야기, 들어보셨습니까?"

"물론 들어봤어요. 그리고 청우 로열스 단장으로서 올 시즌을 치르면서 그 이야기를 실감할 수 있었어요. 희노애락(喜怒哀樂)을 모두 경험했으니까요."

"그럼 이제 변하셔야 합니다."

"어떻게 변해야 한다는 거죠?"

"야구는 결국 사람이 하는 겁니다. 그 부분을 잊지 마십시오."

송이현의 미간에 주름이 잡혔다.

'기분이 상한 건가?'

주제넘은 충고라고 판단해서 송이현의 기분이 상했을 것을 우려한 박건이 긴장했을 때였다.

"비지니스적인 측면만 너무 앞세우지 마라. 박건 선수가 내게 하고 싶은 충고가 맞나요?"

송이현이 질문했다.

"아쉽구나."

순간 이용운이 아쉬움을 드러냈다.

'왜 아쉽다는 거지? 이걸 원한 게 아니었나?'

박건이 의문을 품었을 때였다.

"개떡같이 말해도 찰떡같이 알아듣는구나."

'오늘따라 칭찬이 후하네. 그런데 왜 아쉽다고 한 거지?'

박건이 재차 의문을 품었을 때, 이용운이 덧붙였다.

"이렇게 말이 통하고 능력 있는 송 단장과 이별을 앞두고 있으니 어찌 아쉽지 않을 수 있겠느냐?"

그 말을 들은 박건이 입을 뗐다.

"네, 맞습니다."

"앞으로 더 좋은 단장이 되도록 노력할게요."

전혀 기분 나쁜 기색 없이 화답한 송이현이 머리를 긁적였다.

"또 실수했네요."

"무슨 실수를 했다는 겁니까?"

"선수 대접이 너무 소홀했어요. 안으로 들어가요. 내가 맛있는 차 한잔 대접할게요."

＊　　　　＊　　　　＊

송이현을 따라 집무실로 들어선 박건이 주변을 둘러보았다.

그동안 송이현과 꽤 자주 만났던 편이었다.

그렇지만 대부분 밖에서 만났기 때문에 그녀의 집무실로 찾아온 것은 이번이 처음이었다.

'깔끔하네.'

맺고 끊는 것이 정확한 송이현의 성격을 반영한 듯 집무실 내부는 깔끔하게 정돈이 되어 있었다.

'왜 오늘은 단장실에서 보자고 한 걸까?'

박건이 의문을 품고 있을 때, 송이현이 차 두 잔을 직접 준비해 와서 자리를 권했다.

"별로 구경할 것도 없죠? 앉아요."

"네."

"내가 왜 여기서 만나자고 했을까? 박건 선수는 이게 궁금한 거죠?"

송이현이 웃으며 던진 질문을 들은 박건이 움찔하며 물었다.

"어떻게 아셨습니까?"

"보여요."

"뭐가 보인단 말씀이십니까?"

"박건 선수는 생각이 표정에 다 드러나거든요."

박건이 얼굴을 붉혔을 때, 이용운이 웃으며 말했다.

"내가 그랬잖아. 후배는 표정 관리가 전혀 안 된다고."

'경기 중에는 표정 관리가 되는데 평소에는 표정 관리가 안 되네.'

박건이 한숨을 내쉬었을 때, 송이현이 다시 말했다.

"오늘은 공적인 일 때문에 만나는 거라 단장실에서 만나자고 했어요."

"공적인 일이요?"

"요새 청우 로열스의 미래에 대해서 고민하고 있거든요."

"……?"

"청우 로열스의 미래에 대해서 고민을 하다 보니 가장 급선무가 박건 선수의 거취라는 결론을 내렸어요."

송이현의 이야기를 들은 박건이 의아한 표정을 지었다.

"제 거취에 대해서는 이미 말씀드렸습니다."

"알고 있어요."

"그런데 왜……?"

"혹시 그사이에 생각이 바뀌지 않았나 하는 부분이 궁금했어요. 박건 선수가 마음을 바꿀 기회가 아직 남아 있거든요."

송이현이 박건을 응시하며 덧붙였다.

"솔직히 말하면 박건 선수가 없는 내년 시즌 청우 로열스가 잘 상상이 가지 않아요."

'날 인정했다?'

방금 송이현이 꺼낸 표현.

말 그대로 극찬이었다.

'청우 로열스에 남는 것도 괜찮지 않을까?'

다른 사람도 아닌 청우 로열스의 단장인 송이현에게 인정을 받은 순간, 박건의 마음이 살짝 흔들렸다.

이미 메이저리그라는 세계 최고의 무대에 도전하겠다는 의지를 천명한 상태였다.

그렇지만 부담이 없다면 거짓말이었다.

낯선 환경, 언어 문제, 세계 최고의 선수들과의 경쟁 등등.

박건을 두렵게 하는 것들이었다.

그 외에도 하나 더 마음에 걸리는 것이 존재했다.

바로 어머니였다.

비록 자주 찾아뵙지는 못했지만, 어머니와 박건은 한 하늘 아래 살고 있었다.

마음만 먹는다면 언제든지 찾아뵐 수 있었다.

그렇지만 박건이 메이저리그에 도전해서 미국에서 거주하게 되면 상황이 달라졌다.

혼자 한국에 남겨둬야 하는 어머니가 마음에 걸리는 것이었다.

'만약 청우 로열스에 남는다면?'

지금이라도 박건이 마음을 바꿔서 청우 로열스에 남는다면, 낯선 환경과 치열한 경쟁을 피할 수 있었다.

이미 박건은 KBO 리그에서 경쟁력을 입증한 상황.

게다가 단장인 송이현의 든든한 지원사격과 팬들의 지지도 받고 있으니 편하게 야구를 계속할 수 있는 셈이었다.

그럼 어머니도 가까이서 모실 수 있을 것이었고.

그때였다.

"더 늦으면 도전할 기회조차 없다."

흔들리는 박건의 마음을 알아챘을까.

이용운이 덧붙였다.

"세계 최고의 선수들과 겨뤄보고 싶지 않아?"

'그래, 도전하자.'

청우 로열스는 통합 우승을 차지한 상황.

게다가 박건은 한국시리즈 MVP로 선정되기도 했다.

한국에서 이룰 수 있는 것은 다 이룬 만큼, 새로운 무대에 도전하고 싶었다.

그리고 하나 더.

'더 늦으면 진짜 도전할 기회조차 없을 거야.'

박건이 우려하는 것은 나이가 아니었다.

진짜 우려하는 것은… 이용운과의 작별이었다.

제3장

'젠장, 똥 밟았다.'

박건이 죽은 이용운의 목소리가 자신에게만 들린다는 사실을
알게 됐을 때, 가장 먼저 들었던 생각이었다.

말 그대로 귀신이 들러붙은 셈이었으니까.

"내가 널 최고의 야구선수로 만들어주마."

당시 이용운이 했던 호언장담이었다.

그렇지만 박건은 그가 했던 호언장담을 순순히 믿지 않았다.

반신반의하는 마음이었다.

그러나 그로부터 채 일 년의 시간도 흐르지 않은 지금, 박건
의 생각은 백팔십도 바뀌었다.

의심이 사라진 대신, 확신이 생겼다.

이용운의 호언장담처럼 아주 많은 것이 바뀌었기 때문이었다.

비록 최고의 야구선수는 되지 못했지만, 청우 로열스 통합 우승의 주역이 될 정도로 박건은 실력이 뛰어난 야구선수가 됐다.

'이것만 해도 어딘가?'

그렇지만 문제는 이용운이 귀신이라는 점이었다.

'언제까지 이승에 머물 수 있을까?'

이건 박건도 몰랐다. 그리고 이용운도 몰랐다.

어쩌면 평생 함께할 수도 있었으니까.

그렇지만 최악의 상황을 가정하지 않을 수 없었다.

'만약 선배님이 승천한다면?'

단지 생각하는 것만으로도 눈앞이 막막했다.

현재 박건은 이용운에게 절대적이라고 해도 좋을 정도로 많은 부분을 의지하고 있는 상황이었기 때문이었다.

'선배님이 떠나기 전에 최대한 많은 것을 배워야 해. 그리고 선배님이 계실 때, 더 높은 곳을 향해 도전하자.'

이용운이 떠나기 전에 최대한 높은 곳을 향해 도전하고 싶었다.

거기까지 생각이 미친 순간 박건이 입을 뗐다.

"제 생각은 바뀌지 않았습니다."

*   *   *

"메이저리그에 도전하겠다는 뜻이군요."

"네."

박건의 생각이 바뀌지 않았다는 것을 알아챈 송이현이 아쉬운 기색을 드러내며 말했다.

"내년은 힘든 시즌이 되겠네요."

"설령 제가 빠지더라도 청우 로열스에는 좋은 선수들이 많습니다."

"나도 알아요."

"그러니 너무 걱정하실……."

"그래도 걱정을 안 할 수가 없네요."

"……?"

"제임스 윤이 이렇게 말했거든요. 박건 선수는 올 시즌 내내 청우 로열스의 구심점 역할을 해왔다고."

"구심점… 이요?"

"박건 선수가 올 시즌에 남긴 기록도 훌륭하다. 그렇지만 박건 선수의 팀에 대한 공헌을 단순히 드러난 기록으로만 평가해서는 안 된다. 박건 선수는 꾸준히 구심점 역할을 하면서 팀을 이끌어왔다. 속된 말로 박건 선수가 멱살을 잡고 하드 캐리를 해서 청우 로열스를 통합 우승시켰다. 제임스 윤은 이렇게 평가하더군요."

"과한 평가입니다."

"전혀 과하지 않아요. 나도 같은 생각이니까."

아낌없이 칭찬을 하던 송이현이 이내 한숨을 내쉬었다.

그 모습을 확인한 박건이 물었다.

"왜 그러십니까?"

"통합 우승을 차지하면서 박건 선수와 이별이 성큼 다가온 것 같아서 슬퍼요. 그렇지만 이렇게 보내면 안 되겠죠?"

"……?"

"웃으며 안녕."

"웃으며… 안녕이요?"

"구질구질하지 않게, 멋지게 이별하고 싶네요."

송이현이 억지웃음을 지은 채 덧붙였다.

"그래서 이별 선물을 준비했어요."

"이별 선물이요?"

"네."

"어떤 이별 선물입니까?"

"그걸 알려주기 전에 박건 선수에게 묻고 싶은 게 있어요."

"무엇입니까?"

"내가 싫거나 밉지는 않죠?"

예상치 못했던 질문이었다.

해서 박건이 바로 대답하지 못하고 머뭇거릴 때, 송이현이 부연을 더했다.

"여자 송이현에 대해서 물은 게 아니에요. 청우 로열스의 단장 송이현에 대해서 물었던 거예요."

"당연히… 좋아합니다."

이번에는 박건이 지체 없이 대답했다.

한성 비글스 2군에 줄곧 머물고 있던 박건이 청우 로열스로 팀을 옮긴 후 성공할 수 있었던 데는 송이현의 역할이 컸다.

만약 그녀가 자신의 영입을 주저했다면?

또 자신의 가능성을 믿어주지 않았다면?

상황은 또 어떻게 바뀌었을지 몰랐다.

그리고 하나 더, 송이현은 권위 의식 없이 일개 선수에 불과한 박건의 주장과 이야기에 귀를 기울여 주었다.

그것이 청우 로열스가 통합 우승을 차지할 수 있었던 원동력 중 하나였다.

방금 박건이 꺼낸 대답이 원하던 것이기 때문일까.

송이현이 환하게 웃으며 입을 뗐다.

"하나만 더 물을게요."

"말씀하시죠."

"청우 로열스도 좋아하죠?"

"당연합니다."

박건이 이번에도 지체 없이 대답했다.

프로야구선수로서 박건의 이름을 처음으로 각인시킨 구단이었고, 청우 로열스 선수들은 박건을 진심으로 대해주었다.

또, 박건이 처음으로 우승을 경험한 구단도 청우 로열스였다.

그런데 어찌 싫어할 수 있을까.

그래서 당연히 청우 로열스를 좋아한다는 대답을 꺼냈던 박건이 고개를 갸웃했다.

갑자기 송이현이 이런 질문들을 던지는 영문을 몰라서였다.

그때, 이용운이 입을 뗐다.

"지금 송이현 단장은 밑밥을 뿌리고 있는 것이다."

"밑밥… 이요?"

"박건이란 대어를 낚기 위해서 밑밥을 뿌리고 있지."

"저는 이미 메이저리그에 진출하겠다고 확실히 의사를 밝혔는데요?"

"그건 송 단장도 알고 있다."

"그런데 왜……?"

"훗날을 대비하고 있지."

"……?"

"메이저리그 도전에 나섰던 박건이 다시 KBO 리그로 돌아올 때를 미리 대비하고 있다는 뜻이다. 그래서 이별 선물도 준비한 것이고."

"하지만……."

"KBO 리그로 돌아오지 않을 수도 있다?"

"네."

"송이현 단장이 우려하고 있는 게 바로 그거다. 후배가 꼭 청우 로열스로 돌아오길 바라거든. 어쨌든 주는 선물을 거절하는 건 예의가 아니니까 일단 받아."

'그래도 될까?'

박건이 고민하고 있을 때, 송이현이 말했다.

"제가 준비한 이별 선물은 광고예요."

"광고요?"

"청우 로열스 모그룹인 청우 그룹의 광고모델로 박건 선수를 추천했어요."

"제가… 청우 그룹의 광고모델이 된다고요?"

박건이 깜짝 놀랐을 때, 송이현이 웃으며 되물었다.

"왜 그렇게 놀라요? 그럼 안 될 이유가 있나요?"

                    *   *   *

와아.

와아아.

청우 로열스 홈구장을 가득 메운 팬들의 거센 함성 소리가 들려온 순간, 송이현은 급히 고개를 돌렸다.

그런 그녀의 눈에 들어온 것은 끝까지 타구를 쫓아간 우송 선더스 우익수가 점프캐치를 시도하는 모습이었다.

우송 선더스 우익수는 필사적이었다.

또, 마지막의 마지막 순간까지 최선을 다했지만 박건이 때린 타구를 잡아내기에는 역부족이었다.

점프캐치를 시도한 우익수가 들어 올린 글러브를 넘기고 바닥에 떨어지는 박건의 타구를 확인한 순간, 송이현은 기쁨보다 아쉬움이 더 컸다.

올 시즌 가장 중요한 순간을 놓쳤다는 생각 때문이었다.

그러나 그 아쉬움은 이내 놀람으로 바뀌었다.

"야구는… 정말 재밌구나."

송수백이 꺼낸 이야기 때문이었다.

깜짝 놀라며 고개를 돌리자, 자리에서 벌떡 일어나서 경기장을 바라보고 있는 송수백의 모습이 들어왔다.

그런 송수백의 얼굴에는 아이처럼 환한 미소가 떠올라 있었다.

                    *   *   *

"박건 선수는 어느 누구도 하지 못한 일을 해냈어요. 아버지를 일으켜 세웠거든요."

"……?"

"또 아버지를 팬으로 만들었죠."

"제가… 요?"

얼떨떨한 표정을 짓고 있는 박건을 향해 송이현이 웃으며 덧붙였다.

"그래서 제가 아버지께 건의를 드렸어요. 박건 선수를 청우 그룹의 광고모델로 발탁하면 어떠냐고."

"정말입니까?"

"제가 거짓말을 왜 하겠어요?"

송이현이 혀를 내밀어 입술을 적신 후 대답했다. 그리고 혀를 내밀어 입술을 적시는 것은 그녀가 거짓말을 할 때마다 부지불식간에 드러나는 습관이었다.

'미안해요.'

조금의 의심도 갖지 않는 박건에게 송이현이 속으로 사과했다.

송이현은 방금 전 거짓말을 했다.

박건을 청우 그룹의 광고모델로 발탁하자고 추천하지 않았기 때문이었다.

"박건이란 선수를 청우 그룹의 광고모델로 발탁해야겠다."

송이현이 추천한 것이 아니라 송수백이 먼저 박건을 청우 그 룹의 광고모델로 발탁하겠다는 의사를 내비쳤다.

즉, 박건을 청우 그룹 광고모델로 발탁한 것은 청우 그룹 오너 인 송수백의 결단이었다.

그 이야기를 들은 순간, 송이현의 머릿속으로 좋은 생각이 스 치고 지나갔다.

'생색 좀 내자.'

메이저리그 도전을 마친 박건이 KBO 리그로 돌아올 때를 대 비해서 그의 마음을 얻어야 한다고 송수백은 조언했었다.

대체 어떻게 박건의 마음을 얻어야 할까 고민하고 있었는데.

박건을 청우 그룹의 광고모델로 쓰겠다는 의사를 송수백이 표명한 순간, 고민에 대한 답을 찾은 것이었다.

"박건 선수는 충분한 자격이 있다고 판단했어요. 그래서 아버 지께 추천을 드렸던 거죠. 그리고 아버지는 흔쾌히 수락하셨어 요."

"그럼……?"

"네. 박건 선수가 청우 그룹의 광고모델로 결정됐어요. 그렇지 만 아직 중요한 이야기는 끝나지 않았어요."

"그 중요한 이야기가 뭐죠?"

"광고모델료요."

"아, 네."

"얼마를 제시할지 궁금하지 않으세요?"

"궁금합니다."

"십억입니다."

"십억… 이요?"

본인의 짐작보다 훨씬 큰 금액이기 때문일까.

박건은 깜짝 놀란 표정을 감추지 못했다. 그리고 송이현이 내심 바라고 있었던 반응이기도 했다.

"스포츠 선수로는 최고 금액입니다. 올림픽에서 금메달을 따며 국민 영웅이 됐던 이연아 선수가 받았던 광고모델료와 비슷한 수준의 금액이죠. 그리고 박건 선수가 십억을 받을 수 있는 데는 제 입김이 한몫했답니다."

송이현이 재차 생색을 낸 후 물었다.

"제가 준비한 이별 선물이 마음에 드나요?"

박건이 대답했다.

"무척 마음에 듭니다."

＊　　　　＊　　　　＊

"송이현 단장은 아까 거짓말을 했다."

송이현과 이야기를 끝내고 돌아가는 택시 뒷좌석, 이용운이 불쑥 말했다.

"그걸 어떻게 아십니까?"

"입술에 침 발랐거든."

"……?"

"송이현 단장에게는 거짓말을 할 때 습관이 있다. 몰랐어?"

"전혀요."

박건이 솔직하게 대답하자, 이용운이 혀를 끌끌 찼다.

"이렇게 관찰력이 없어서야. 송이현 단장은 거짓말을 할 때마다 혀를 내밀어 입술을 적신다. 그리고 송이현 단장은 두 차례 거짓말을 했다."

"두 차례씩이나요?"

기억을 더듬던 박건이 이내 두 눈을 빛냈다.

송이현 단장이 혀를 내밀어 입술을 적시던 모습을 떠올리는 데 성공했기 때문이었다.

"청우 그룹 광고모델로 저를 추천했다는 것이 거짓말인가요?"

"그래. 내 판단이 맞다면 송이현 단장이 후배를 추천해서 청우 그룹 광고모델로 발탁된 것이 아니다."

"그럼……?"

"청우 그룹 송수백 회장이 직접 지시했을 거야."

청우 그룹 송수백 회장을 본 적이 있었다.

그렇지만 TV 뉴스를 통해서였고, 직접 만난 적은 한 차례도 없었다.

그런데 송수백이 자신을 청우 그룹 광고모델로 발탁한 이유에 대해서 박건이 의문을 품었을 때였다.

"송수백 회장은 야구를 좋아한다. 또 야구에 대해 애정을 갖고 있다."

"확실합니까?"

이용운의 이야기를 들은 박건이 못미더운 표정을 지었다.

올 시즌 송수백이 청우 로열스 경기를 보기 위해서 찾아온 것이 딱 한 차례뿐이라는 사실을 알고 있기 때문이었다.

"오랫동안 하위권을 전전한 데다가 매년 적자를 기록하는데도 불구하고 청우 로열스 구단을 포기하지 않고 계속 운영해 왔다는 것이 송수백 회장이 야구를 좋아하고 또 애정을 갖고 있다는 증거다."

'듣고 보니 그런 것 같기도 하네.'

천천히 고개를 끄덕이던 박건이 다시 질문했다.

"송이현 단장은 또 무슨 거짓말을 한 겁니까?"

"광고모델료다."

"광고모델료요?"

"송이현 단장은 본인의 입김이 작용해서 네가 십억의 광고모델료를 받을 수 있게 됐다고 말했지. 그것도 거짓말이다."

"그럼?"

"송수백 회장은 귀가 얇은 편이 아니다. 자식들이 옆에서 부추긴다고 해서 돈을 펑펑 쓰는 양반도 아니고. 아마 송수백 회장은 처음부터 후배의 광고모델료로 십억을 책정했을 것이다."

"너무… 많은 것 같습니다."

그 설명을 들은 후, 박건이 의견을 밝혔다.

"준다는데 그냥 받아라."

송이현이 광고모델료가 십억이라고 밝혔을 때, 이용운이 건넸던 조언이었다.

그래서 송이현에게 무척 마음에 든다고 말하긴 했지만, 박건은 자신에게 책정된 십억의 광고모델료가 너무 많다고 생각했다

그렇지만 이용운의 의견은 달랐다.

"송수백 회장은 확실히 경영 감각이 있구나."

"네?"

"헐값에 최고의 광고모델을 잡았으니까."

'십억이… 헐값이라고?'

박건과 이용운의 의견은 극명하게 갈렸다.

청우 그룹 광고모델로 발탁된 박건에게 책정된 광고모델료 십억.

박건은 부담을 느낄 정도로 많은 금액이라고 판단한 반면, 이용운은 헐값이라고 표현하며 적다고 판단했다.

그리고 이용운은 헐값이라고 표현한 이유에 대해 밝혔다.

"후배는 그 이상의 가치가 있거든."

"제게 십억 이상의 가치가 있단 말씀이십니까?"

"맞다."

이용운은 한 치의 망설임도 없이 대답했다.

그렇지만 박건은 순순히 믿기 어려웠다.

'내게 그 정도의 가치가 정말 있나?'

박건이 스스로에게 던진 질문에 대한 답을 미룬 채 의심하고 있을 때, 이용운이 충고했다.

"프로선수는 본인의 위상과 가치를 정확히 파악하는 것도 중요하다. 얼마 전에도 말했지만 후배는 이제 스타플레이어가 됐다. 그리고 후배의 가능성은 무궁무진하지. 만약 후배가 메이저리그에 진출해서 대단한 활약을 펼친다면 상황은 또 달라지는 법이다."

"어떻게 달라진다는 겁니까?"

"축구선수 호날두, 알지?"

"물론 압니다."

리오넬 메시와 함께 축구의 신이라 불리며 축구계를 양분하고 있는 스타플레이어 크리스티언 호날두에 대해서는 박건도 알고 있었다.

직접 그가 뛰는 축구 경기를 본 적은 없었지만, 그가 등장하는 기사를 많이 보았었다.

또, 영상을 통해서 그의 활약상도 여러 차례 봤었다.

"크리스티언 호날두와 스포츠용품 업체인 나이키가 계약을 맺은 광고료가 얼마인지 알아? 무려 1년에 300억이 넘어간다."

"300억… 이요?"

박건이 감히 예상도 못 했던 엄청난 금액이었다.

그래서 놀람과 부러운 감정이 동시에 들었을 때였다.

"부러워할 것 없다. 먼 이야기가 아니니까."

"네?"

"메이저리그에서 최고의 선수가 된다면 후배도 호날두 못지않은 인기와 부를 얻을 수 있으니까."

'야구만 잘하면 된다.'

박건이 새삼 각오를 다졌을 때, 이용운이 다시 말했다.

"그래서 아까 1년 십억이란 광고모델료가 헐값이라고 표현했던 것이다. 송수백 회장도 이런 후배의 가능성을 믿고 십억을 투자했을 것이다. 그래서 계약 연장 옵션을 계약서에 삽입한 것이고. 그러니 후배가 부담을 가질 필요는 없다."

딱 잘라 말한 이용운이 화제를 돌렸다.

"중요한 건 따로 있다."

"뭡니까?"

"쿠세, 알지?"

쿠세는 일본식 표현이었다.

습관을 일컫는 용어.

그렇지만 야구계에서는 여전히 '쿠세'라는 일본식 표현을 사용하고 있었다. 그리고 박건도 쿠세에 대해서는 잘 알고 있었다.

"쿠세가 생기면 안 된다."

투수로 활동할 당시, 코치들에게 자주 들었던 이야기였기 때문이었다.

"알고 있습니다."

그래서 박건이 대답하자, 이용운이 다시 입을 뗐다.

"쿠세는 일본식 표현이니, 우리끼리 이야기할 때는 습관이라고 표현하자. 그리고 내가 갑자기 습관에 대한 이야기를 꺼내는 이유가 궁금하지?"

"네."

"후배가 관찰력이 부족하단 걸 알아냈기 때문이다."

이용운이 이유를 밝힌 순간, 박건이 쓴웃음을 머금었다.

"송이현 단장이 거짓말을 하는 것을 알아채지 못한 걸 말씀하시는군요."

"맞다."

"그렇지만 그걸 알아채는 게 오히려 이상한 것 아닙니까?"

송이현 단장과 박건이 여러 차례 만나기는 했지만, 긴 시간 동안 대화를 나누었던 것은 아니었다.

그런데 송이현이 거짓말을 할 때마다 혀를 내밀어 입술을 적신다는 것을 간파하는 것이 쉬울 리 없었다.

그래서 박건이 억울한 표정을 지었을 때였다.

"같은 조건이었다."

"무슨 뜻입니까?"

"후배가 송이현 단장을 만날 때를 제외하고 나도 송이현 단장을 만날 기회는 없었다. 그러니 같은 조건이었다고 표현한 거지. 그럼에도 불구하고 난 알아챘고, 후배는 전혀 알아채지 못했지."

박건이 반박하지 못하고 입을 다물었다.

이용운의 표현처럼 같은 조건이었지만, 분명히 차이가 발생했기 때문이었다.

그때, 이용운이 덧붙였다.

"결국 관찰력의 차이다."

*   *   *

'관찰력의 차이.'

박건이 그 말을 속으로 되뇌고 있을 때였다.

"타자가 투수들의 습관을 알아채는 것은 분명히 어렵다. 대부분 투수들이 자신의 습관을 감추기 위해서 노력하기 때문이지. 또, 일 년에 같은 투수와 타자가 만나서 승부를 펼치는 경우는 몇 차례 되지 않기 때문이기도 하지."

이용운의 설명을 들은 박건도 고개를 끄덕였다.

박건 역시 투수였기에 투구 시 부지불식간에 나오는 습관을 감추기 위해서 노력했던 경험이 있었다.

쉽게 말해 투수의 습관을 찾아내려는 타자와 자신의 습관을 감추려는 투수의 대결이라고 표현하면 적당했다.

"그래도 꾸준히 관찰하면서 투수가 무의식중에 드러내는 습관을 간파하려는 노력을 계속해야 한다. 만약 투수의 습관을 간파하는 데 성공하면, 100%의 확률로 노림수를 갖고 타격할 수 있기 때문이다."

이용운의 조언을 듣던 박건이 떠올린 단어는 '천적'이었다.

메이저리그의 정상급 투수들도 천적이라고 불리는 타자에게 고전하는 경우가 적잖이 존재했다.

보통의 경우 전문가들은 투수의 공을 상대하는 타자의 타격 타이밍이 맞아 들어간다고 표현했다.

분명히 그런 경우도 존재했다.

그렇지만 다른 경우도 존재했다.

바로 투수의 쿠세, 즉 습관을 타자가 알고 있는 경우였다.

'만약 특정 구종의 공을 던지기 전에 무의식중에 손가락에 침을 바르는 투수의 습관을 타자가 간파하고 있다면?'

아까 이용운의 표현처럼 100% 확률로 노림수를 갖고 타격을 할 수 있었다.

그러니 좋은 타격을 하지 못하는 게 오히려 더 이상했다.

"나도 앞으로 투수들이 투구 시에 부지불식간에 드러내는 습관을 간파하기 위해서 노력할 것이다. 그러니 후배도 노력하도록

해라."

이용운의 당부를 들은 순간, 박건이 표정을 굳혔다.

'달라졌다.'

예전과 지금, 이용운이 달라졌다는 것을 알아챘기 때문이었다.

"공부하지 마. 생각도 하지 마. 공부도 생각도 내가 할 테니까 후배는 내가 시키는 대로 하기만 해."

이용운이 수시로 했던 말이었다.

그런데 오늘은 박건에게 관찰력의 중요성에 대해 충고하고, 투수의 습관을 간파하는 노력을 하라고 충고했다.

"혹시… 승천하시려는 건 아니죠?"

박건이 여전히 굳은 표정으로 질문하자, 이용운이 대답했다.

"사람 앞일은 누구도 모르지."

"사람 아니라 귀신인데요."

"귀신 앞일은… 더 모르는 법이지."

*   *   *

"이제 진짜 중요한 이야기를 해보자."

'진짜 중요한 이야기?'

박건이 고개를 갸웃하며 물었다.

"더 중요한 이야기가 아직 남았습니까?"

"그래."

"뭡니까?"

"그때, 하다 만 이야기 말이다."

"……?"

"한국시리즈 최종전에서 끝내기안타를 터뜨린 후에 후배가 내게 말을 하다가 만 적이 있지 않느냐?"

"기억이… 잘 안 나는데요."

박건이 시치미를 뗐지만, 이용운은 포기하지 않았다.

"그럼 내가 기억나게 해주마. 빈말이 아닙니다. 진심입니다. 진심으로 감사합니다. 그리고 오 대… 여기서 이야기를 끝맺지 못하고 멈췄다."

'토씨 하나 안 틀렸네.'

박건이 속으로 혀를 내둘렀다.

아까 시치미를 뗐을 뿐, 박건도 당시에 했던 말을 똑똑히 기억하고 있었다.

평생 잊지 못할 순간들이었기 때문이었다.

"혹시 수익배분 비율을 오 대 오로 바꾸려는 것이냐?"

"네, 맞습니다."

"왜 그런 기특한 생각을 했지?"

이용운이 흡족한 목소리로 물었다.

"아무래도 너무 흥분했던 것 같습니다."

"그래서 말이 헛나왔다?"

"헛나온 건 아닙니다. 지금도 생각이 바뀌지 않았으니까요."

박건이 웃으며 대답했다.

청우 로열스의 한국시리즈 우승을 확정 짓는 끝내기안타를 때려냈던 당시, 박건이 흥분했던 것은 사실이었다.

그렇지만 수익배분 비율을 6 대 4에서 5 대 5로 바꾸려고 한 것은 흥분한 탓에 말이 헛나왔던 게 아니었다.

'선배님 덕분에 지금의 내가 있다.'

당시 박건이 머릿속에 떠올린 생각이었다.

그 생각은 지금도 여전히 변하지 않았다.

"낙장불입(落張不入)이다."

"네, 오 대 오로 수익배분 비율을 조정하시죠."

"내 역할이 컸다는 것을 인정한단 뜻이지?"

"그렇습니다."

"사양하지 않으마."

이용운이 한 차례 거절도 없이 바로 제안을 수락한 순간, 박건이 속으로 생각했다.

'역시 물욕 많은 귀신이야.'

＊   ＊   ＊

"내리세요."

박건이 뒷좌석 문을 열자, 어머니가 택시에서 내렸다.

"그런데 지금 어디 가는 거야?"

"좋은 곳이요."

"좋은 곳?"

박건이 신축 오피스텔을 올려다보며 덧붙였다,

"오피스텔을 하나 샀어요."

"왜? 숙소 생활이 불편해?"

"아니요. 여긴 어머니가 살 집이에요."

"방금… 뭐라고 했어?"

"앞으로 어머니가 지내실 집이라고요. 그러니까 같이 올라가서 직접 살펴보세요."

어머니는 반쯤 넋이 나간 표정으로 박건이 이끄는 대로 따랐다.

엘리베이터를 타고 3층에서 내린 박건이 306호 앞에서 멈춰섰다.

"비밀번호는 일단 제 생일로 저장해 뒀어요."

"그… 래."

띠띠띠 .

비밀번호를 누르자 잠금장치가 해제됐다.

박건이 현관문을 연 후, 앞장서서 들어갔다.

"직접 보세요."

오피스텔이라 아파트와 비교하면 좁은 편이었다.

그렇지만 현재 어머니가 살고 있는 원룸보다는 훨씬 넓었다.

또, 신축 오피스텔이라 내부 인테리어는 깔끔했고, 남향이라 햇볕도 잘 드는 것이 장점이었다.

아무 말도 없이 오피스텔 내부를 살펴보고 계신 어머니에게 박건이 말했다.

"원래는 아파트를 구입하려고 했는데 서울 집값이 장난이 아니더라고요. 좁아서 불편하시겠지만, 일단 여기서 지내세요."

박건이 말을 마친 순간, 조용하던 이용운이 끼어들었다.

"후배의 습관을 알아냈다. 후배는 거짓말을 할 때, 코끝을 찡 그리는군."

'역시 귀신은 못 속이는구나.'

그 이야기를 들은 박건이 쓰게 웃었다.

방금 전 박건은 거짓말을 했다.

청우 로열스가 한국시리즈 우승을 차지한 덕분에 박건은 옵 션 계약조건을 충족시키며 오억을 수령했다.

이용운과 반으로 나눠도 2억 5,000만 원을 번 것이었다.

게다가 박건은 청우 그룹 광고모델 계약을 맺은 후였다.

은행 대출을 받지 않더라도 적당한 평수의 아파트를 구입할 자금 여력이 있었다.

그럼에도 불구하고 박건은 아파트가 아닌 오피스텔을 구입했 다.

그 이유는 아파트를 사드리면 어머니가 너무 부담스러워하면 서 거절할 것을 예상했기 때문이었다.

"안 좁아. 엄마 혼자 살기에는 너무 넓어."

"마음에 드세요?"

"응. 너무 마음에 들어."

어머니가 기뻐하는 모습을 보니 좋았다.

"자, 얼추 살펴보셨으면 이제 다음 장소로 이동할까요?"

박건이 이동을 제안하자, 어머니는 깜짝 놀라며 물으셨다.

"또 어딜 가려고?"

"들를 곳이 있어요."

"어딘데?"

박건이 대답했다.

"제 전 직장이요."

*　　　　　　*　　　　　　*

"어서 오세요."

송이현이 반갑게 인사했다.

"처음 뵙겠습니다. 송이현이라고 합니다."

"네, 만나서 반가워요."

박건의 어머니인 이숙향과 인사를 마친 송이현이 박건에게 물었다.

"설명해 드렸어요?"

"아직입니다."

"그럼 제가 가면서 직접 설명해 드릴게요."

송이현이 이숙향의 팔짱을 낀 채 이동했다.

"어디로… 가는 거죠?"

"어머님의 새……. 아, 어머님이라고 불러도 되죠?"

"네?"

"혹시 오해하실 수도 있으니까 미리 말씀드릴게요. 박건 선수는 제가 가장 아끼는 선수이자, 동생입니다. 그래서 드린 말씀이에요."

"아, 네."

"그럼 허락하신 걸로 알고 이제부터 어머님이라고 부를게요.

지금 저와 함께 가시는 곳은 어머님의 새 직장이에요."

"새… 직장이요?"

"새 직장이라고 부르긴 좀 그러네요. 새 가게라고 부르는 편이
맞겠네요."

"……?"

"박건 선수에게 어머님의 꿈이 작은 식당을 운영하는 것이라
는 이야기를 들었어요. 마침 좋은 자리가 나서 제가 박건 선수
에게 제안했어요."

이숙향이 당황한 기색으로 고개를 돌렸다.

송이현 역시 당황한 기색의 박건을 바라보았다. 그리고 박건
이 당혹스러워하는 이유는 짐작할 수 있었다.

송이현이 박건과 이런 이야기를 나눈 적이 없었기 때문이었
다.

이숙향의 꿈이 작은 가게를 운영하는 것임을 송이현이 알 수
있었던 것은 따로 조사를 한 덕분이었다.

"건아, 맞아?"

"네, 맞아요."

이미 얘기가 끝난 상황이었기에 박건이 장단을 맞추어주었다.

"우리 건이에게 어떤 제안을 했다는 건가요?"

"어머니 가게 하나 마련해 드리라고요."

"네?"

"왜 그렇게 놀라세요?"

"건이가 무슨 돈이 있어서……."

"어머, 아직 모르세요? 박건 선수 돈 많이 벌었는데."

"우리 건이가요?"

"네, 작은 가게 하나를 인수할 여유는 되고도 남을 정도예요. 아, 여기예요."

송이현이 구장 내부에 간판이 떼어져 있는 작은 매장을 가리켰다.

"핫도그나 피자 종류를 팔면 장사가 아주 잘될 겁니다."

"정말… 잘될까요?"

이숙향이 불안한 표정으로 물었다.

송이현은 그녀가 불안해하는 이유를 알 수 있었다.

매점을 비롯한 구단 내 매장들이 간판이 떼어진 채 텅 비어 있었기 때문이었다.

"장사가 안 돼서 문을 닫은 게 아닙니다."

"그럼?"

"그동안 구단에서 매점 운영 권리를 특정 업체에 하청을 주고 있었는데 이번에 감사를 하다 보니 불법적인 뒷돈 거래가 있었던 게 밝혀졌습니다. 그래서 이제 하청을 주지 않고 구단에서 직영으로 매점들을 운영하기로 결정을 해서 기존에 입주해 있던 업체들이 다 나간 겁니다."

송이현이 설명했음에도 이숙향은 불안한 기색을 지우지 못하고 있었다.

그 반응을 확인한 송이현이 물었다.

"뭐가 가장 마음에 걸리세요?"

"말씀하신 대로 장사가 잘되면 권리금이 많지 않을까 해서요."

"보다시피 기존 가게들을 싹 내보내고 새로 가게들이 입점하는 터라 권리금은 없습니다."

"권리금이… 없다고요?"

"직영으로 운영하는 만큼 매출의 일정 비율만 구단 측에서 가져갈 겁니다. 그 비율도 상식적인 선에서 결정할 거고요."

"그럼 경쟁이 치열하지 않을까요?"

"경쟁… 이요?"

"말씀을 듣다 보니 조건이 너무 좋은 것 같아서요."

"물론 경쟁이 치열할 겁니다. 그렇지만 어머님은 경쟁하실 필요가 없습니다."

"왜 저는 경쟁을 할 필요가 없죠?"

"박건 선수의 어머니이기 때문입니다."

"……?"

"박건 선수 덕분에 청우 로열스가 통합 우승을 차지할 수 있습니다. 그러니 이 정도 편의는 봐드리는 것이 당연하죠."

송이현이 설명을 마치고 나서야 이숙향의 얼굴에 자리 잡고 있던 불안한 기색이 비로소 사라졌다.

그런 그녀가 고개를 돌렸다.

"건아, 정말 괜찮을까?"

"솔직히 말씀드리면 이미 계약서도 작성했습니다."

"계약서를 벌써 작성했다고?"

"지금 포기하면 계약금을 날리게 됩니다. 무슨 뜻인지 아시죠?"

박건이 이미 거액의 계약금까지 지불했다는 사실을 알게 된 후, 이숙향의 태도가 적극적으로 바뀌었다.

"기존에 운영했던 매장의 월 매출이 얼마나 됐어요?"

"거기까지는 저도 잘……."

송이현은 청우 로열스의 단장이었다.

하청을 줬던 구단 내 매점 중 한 곳의 월 매출까지 파악하고 있지는 못했다.

해서 송이현이 말끝을 흐리자 이숙향의 눈빛이 의심쩍게 변했다.

'사기를 친 게 아니라 좋은 기회를 드린 것인데.'

송이현이 억울한 표정을 지을 때, 박건이 나섰다.

"매출은 걱정하지 마세요. 제가 이전 주인분에게 물어봤는데 수익은 꽤 많이 난다고 했거든요."

"그래?"

"청우 로열스 팬들이 많이 늘었으니까 앞으로 매출도 더 많이 늘 겁니다."

"그럼 다행이고."

안도의 한숨을 내쉬는 이숙향을 살피던 송이현이 기회를 놓치지 않고 입을 뗐다.

"구단 내 매점은 다른 매점들과는 다른 특수성이 있습니다. 청우 로열스 팀의 성적이 좋으면 팬들도 늘어나서 매출이 상승하죠. 반면 청우 로열스 팀 성적이 나쁘면 팬들도 감소해서 매출이 줄고요."

"그럼… 청우 로열스의 성적이 좋길 바라야겠네요."

"그렇게 되면 저도 좋죠. 그리고 만약에… 이건 어디까지나 만약인데 청우 로열스가 부진해서 어머님 가게의 매출도 줄어들면 박건 선수도 걱정이 될 겁니다. 그럼 박건 선수가 다시 돌아오지 않을까요?"

송이현이 박건을 응시하며 한쪽 눈을 찡긋했다.

'청우 그룹 광고모델로 발탁되는 데 내가 힘을 썼다고 말한 걸로는 부족하지 않을까?'

이런 생각이 들어서 어떻게 하면 박건의 마음을 얻을 수 있을까에 대해 송이현은 줄곧 고민했다.

그런 그녀가 고심 끝에 찾아낸 방법이 바로 이것이었다.

박건은 외동아들이었다.

또, 박건의 아버지도 이미 오래 전에 돌아가셨다.

만약 박건이 메이저리그에 진출하면 그의 어머니인 이숙향만 혼자 덩그러니 한국에 남겨지는 셈이었다.

'마음에 걸리지 않을까?'

거기까지 생각이 미친 순간, 송이현은 박건의 어머니인 이숙향에 대해 조사했다. 그리고 구단 내 매점 중 한 곳을 이숙향이 운영하도록 하는 게 어떠냐는 제안을 박건에게 했다.

"제가 어머님 곁에 있을 테니까 박건 선수도 마음이 좀 놓이지 않을까요?"

당시에 송이현이 제안과 함께 건넸던 이야기.

그 이야기를 들은 박건은 오래 고민하지 않고 제안을 수락했고, 그래서 오늘 자리가 마련된 것이었다.

잠시 후, 박건이 졌다는 표정으로 입을 뗐다.

"약속드리겠습니다."

"뭘 약속한다는 거죠?"

"KBO 리그로 돌아오겠습니다."

박건의 약속을 받아내는 데 성공했지만, 송이현은 웃지 않았다.

아직 부족했기 때문이었다.

"길어야 5년이에요."

"……?"

"제가 청우 로열스 단장을 맡을 시간이요. 제가 청우 로열스 단장에서 물러나기 전에 돌아올 거죠?"

잠시 후, 박건이 고개를 절레절레 흔들며 대답했다.

"너무 늦지 않게 돌아오겠습니다."

제4장

"후배는 너무 충동적이군."

박건이 택시 조수석에 앉아 있을 때, 이용운이 불쑥 말했다.

"제가요?"

"그래."

박건이 룸미러를 통해 뒷좌석에 앉아 있는 어머니를 살폈다.

하루 새 너무 많은 변화가 일어나서일까.

어머니는 복잡한 표정으로 차창 밖을 응시하고 있었다.

그것을 확인한 박건이 이용운과의 대화를 이어나갔다.

"어느 부분을 말씀하시는 겁니까?"

"KBO 리그로 복귀하겠다는 약속을 했던 것."

"그건……."

어차피 먼 훗날의 이야기라고 박건이 대답하려고 했지만, 이용운이 한발 더 빨랐다.

"그 약속으로 인해 수백억을 손해 볼 수도 있다."

그 이야기를 들은 박건이 고개를 갸웃했을 때였다.

"내가 요구하지 않았음에도 후배가 먼저 수익배분 비율을 6 대 4에서 5 대 5로 바꾸자고 제안했던 것도 후배가 충동적이란 증거다."

"그건……."

고마운 마음이 컸다.

은혜 갚은 제비처럼 조금이나마 선배님에게 은혜를 갚기 위함이라고 대답하려고 했지만, 이용운이 말을 자르며 끼어들었다.

"그 충동적인 결정으로 후배는 최소 수십억, 최대 수백억의 손해를 보게 될 거야."

"그렇게… 많이 손해를 본다고요?"

"왜? 후회돼?"

만약 이용운의 말이 사실이라면?

조금 후회가 됐다.

그래서 박건이 당황한 기색을 드러냈을 때, 이용운이 덧붙였다.

"후회해 봐야 늦었다. 전에 내가 낙장불입이라고 했던 말, 기억하지?"

'쩝.'

박건이 입맛을 다셨을 때, 이용운이 덧붙였다.

"그래서 하는 말인데… 아무래도 후배에게는 실력이 아주 뛰어난 에이전트가 필요할 것 같다."

　　　　　*　　　　　　*　　　　　　*

　"들어가세요."

　박건이 미리 예약해 둔 식당의 문을 열었지만, 어머니는 선뜻 안으로 들어서지 못하고 망설였다.

　"왜 안 들어가세요?"

　박건이 의아한 표정으로 묻자, 어머니가 대답했다.

　"여긴 너무 비쌀 것 같아서. 그냥 집에 가자. 엄마가 김치찌개 끓여줄 테니까……."

　"아까 제가 돈을 많이 벌었다는 송이현 단장의 이야기, 어머니도 같이 들으셨잖아요."

　"그래도……."

　"걱정 말고 들어가세요."

　박건이 손을 잡고 앞장서고 나서야 어머니가 마지못한 표정으로 식당 안으로 따라 들어왔다.

　그리고 박건이 들어서자마자 조용하던 식당 안이 갑자기 소란스럽게 변했다.

　"박건 선수다."

　"와, 진짜 박건이다."

　"청우 로열스의 영웅이다."

　박건에게 손님들의 시선이 일제히 쏠렸다.

　잠시 후, 초등학생 정도로 보이는 소년이 휴대전화를 손에 들고 다가왔다.

"사진 한 장 같이 찍어주실 수 있어요?"

"물론이지."

박건이 웃으며 대답한 후, 무릎을 꿇어 소년과 눈높이를 맞췄다.

찰칵.

상기된 표정의 소년과 같이 사진을 찍은 것이 시작이었다.

"우리 애와도 사진 한 장 찍어주세요."

"저희도 사진 찍고 싶어요."

"여기 사인 하나만 해주세요."

마치 기다렸다는 듯이 식당 내 손님들의 사진 촬영과 사인 요청이 이어졌다.

"어머니, 먼저 앉아 계세요."

"그래."

일단 어머니를 예약석에 모신 후 박건은 손님들의 사진 촬영과 사인 요청에 환하게 웃으며 모두 응했다.

약 십여 분의 시간이 흐르고 나서야 박건은 식탁에 앉을 수 있었다.

"시장하시죠?"

"아냐, 괜찮아. 몰랐는데 우리 아들이 인기가 많네."

어머니는 흐뭇한 표정을 짓고 있었다.

"실은… 드릴 말씀이 있어요."

박건이 잠시 망설이다가 운을 뗐다.

어머니에게 메이저리그에 도전하기 위해서 미국으로 간다는 사실을 털어놓을 기회라고 판단했기 때문이었다.

"무슨 이야기인데?"

"그게……."

그렇지만 쉽게 입이 떨어지지 않았다.

어머니에게 미안한 마음이 들어서 박건이 선뜻 입을 열지 못하고 망설이고 있을 때였다.

"…가도 돼."

어머니가 불쑥 말했다.

"네?"

"미국에 가려는 거잖아."

"그걸… 어떻게 아셨어요?"

박건이 깜짝 놀라며 묻자, 어머니가 웃으며 말씀하셨다.

"아들 기사는 하나도 빼놓지 않고 챙겨 보고 있거든."

"어머니."

"좋은 기회라고 하던데?"

"어떤 기사를 보셨던 거예요?"

박건이 스마트폰을 꺼내서 어머니가 본 기사를 검색했다.

〈한국시리즈 MVP 박건, 포스팅 시스템으로 메이저리그 진출을 노린다〉

기사 내용을 대충 읽은 박건이 스크롤을 아래로 내렸다.

─박건 선수의 도전을 응원합니다.

─흥해라, 박건.

—도전은 박수 받아 마땅함.

기사 아래 달린 우호적인 댓글들이었다.
그렇지만 우호적인 댓글보다 부정적인 댓글들이 훨씬 많았다.

—개나 소나 다 메이저리그 진출이냐?
—한 시즌 반짝하고 무슨 메이저리그?
—진심 얼척없다.
—지금 상황에 딱 어울리는 영화 대사. 어이가 없네.
—과연 입찰할 구단이 있기는 할까?

그 댓글들을 살핀 후, 박건이 물었다.
"댓글은 안 보셨죠?"
"댓글?"
"안 보셔도 됩니다."
어머니가 댓글을 안 보셨다는 것에 박건이 안도했을 때였다.
"고맙다."
갑자기 고맙다는 말을 꺼내는 어머니에게 박건이 의아한 표정을 지었다.
"왜 고맙다고 말씀하시는 거세요?"
"네 아버지와 했던 약속을 지킬 수 있게 해줘서. 이제는 네 아버지를 만나도 면이 설 것 같아."
"그런 말씀 하지 마세요."
"그리고 엄마도 알아."

"……?"

"내가 걱정돼서 아들이 많은 준비를 했다는 것 말이야. 가게 잘 운영하고 있을게."

"어머니."

"그러니까 내 걱정은 하지 말고, 가서 야구를 잘하는 것에만 신경 써."

"감사합니다."

"내가 고맙지."

서로에게 고맙다는 인사를 건네고 있을 때, 주문했던 음식이 도착했다.

"왜 이렇게 많이 시켰어?"

식탁의 여유 공간이 부족할 정도로 음식들이 놓이는 것을 확인한 어머니가 당황한 표정을 지었다. 그리고 박건도 당황한 것은 마찬가지였다.

예약할 당시 주문했던 것보다 음식의 가짓수가 훨씬 많았기 때문이었다.

'무슨 착오가 있었나?'

이렇게 판단한 박건이 막 입을 열려고 했을 때였다.

"영광입니다."

박건의 앞으로 두툼한 손이 내밀어졌다.

두툼한 손의 주인을 향해 고개를 든 박건의 눈에 서글서글한 인상의 중년 남자가 환하게 웃고 있는 모습이 보였다.

"누구십니까?"

"이 식당의 주인인 황주호라고 합니다. 아까 제가 영광이라고 말씀드린 이유는 제가 박건 선수의 광팬이기 때문입니다. 저희 식당을 방문해 주셔서 감사합니다."

박건이 앞으로 내밀어진 손을 맞잡았을 때, 황주호가 덧붙였다.

"오늘 음식은 제가 대접하겠습니다."

"그러실 필요는……."

"아니요. 제가 꼭 대접해 드리고 싶습니다. 박건 선수 덕분에 청우 로열스가 우승했으니까요."

"그래도… 이건 너무 많습니다."

박건이 난색을 표한 순간, 황주호가 고개를 흔들었다.

"전부 제가 대접하는 것은 아닙니다. 저는 갈치조림과 해물탕만 대접하는 겁니다."

"그럼 나머지는……?"

"여기 모듬회는 저기 계신 6번 테이블 손님께서 계산한 것이고, 이 해산물모듬은 1번 테이블 손님께서 계산한 겁니다. 그리고 꽃게찜은 7번 테이블 손님께서 계산하신 거고요."

황주호가 가리킨 것은 아까 박건과 사진 촬영을 했던 손님들이었다.

'이걸 받아도 되나?'

박건이 난감한 표정을 지었을 때였다.

"청우 로열스가 우승해서 너무 좋았습니다. 그래서 꼭 한 번 박건 선수를 초대해서 식사를 대접하고 싶었는데 이렇게 기회가 닿아서 너무 기쁩니다. 그리고 다른 손님분들도 모두 저와 같은 마음일 겁니다."

황주호가 덧붙인 이야기를 들은 박건이 자리에서 일어났다.

"고맙습니다. 잘 먹겠습니다."

박건이 계산을 대신해 준 손님들에게 인사했다.

"그럼 맛있게 드십시오."

황주호가 떠나고 난 후, 박건이 웃으며 말했다.

"이거 다 먹으려면 힘들겠는데요."

"그러게."

"어머니가 많이 도와주셔야 합니다."

"응."

비장한 표정으로 고개를 끄덕이는 어머니에게 박건이 한마디를 더했다.

"꼭 성공할게요."

*　　　　*　　　　*

방송 프로그램에 출연해서 녹화를 하는 것은 두 번째였다.

그럼에도 불구하고 방송국은 여전히 낯설었다.

안내받은 대기실에서 대본을 살피던 박건이 고개를 갸웃했다.

"지난번과는 대본이 많이 다른데요?"

'너와 나, 우리의 야구'에 처음 출연했을 때 받은 대본과 두 번째 출연하는 지금 받은 대본이 많이 다르다는 사실을 간파했기 때문이었다.

물론 첫 출연을 했을 당시와 지금은 상황이 달라졌다.

또, 컨셉도 달랐다.

그러니 대본이 바뀌는 것은 당연했다.

그럼에도 불구하고 박건이 의문을 품은 이유는 대본의 내용이 아니라 형식이 바뀌었기 때문이었다.

Q) 청우 로열스가 통합 우승을 차지할 수 있다고 확신하셨습니까?

Q) 한국시리즈 우승을 차지하고 난 후, 가장 크게 달라진 게 무엇입니까?

Q) 포스팅 시스템을 통해 메이저리그 진출을 도모하는 이유가 있습니까?

…….

…….

박건이 받은 대본에는 예상 질문만 적혀 있을 뿐, 답안은 없었다.

"이제 알게 된 거지."

"뭘요?"

"예상 답안을 적어봐 봐야 아무짝에도 쓸모가 없다는 걸."

"대본대로 안 한다는 걸 알아챘단 뜻이로군요."

"맞다."

오랜만의 방송 출연이 흥분되기 때문일까.

이용운의 목소리는 잔뜩 상기되어 있었다.

똑똑.

그때, 노크 소리가 들렸다.

"곧 녹화 시작합니다. 따라오시죠."

앞장서서 안내하는 스태프를 따라서 박건이 스튜디오로 이동했다.

＊　　　　＊　　　　＊

"'너와 나, 우리의 야구'. 오늘은 미리 예고드렸던 대로 아주 특별한 게스트를 모시고 특집방송으로 꾸며집니다. 저도 이 선수를 다시 만나기를 학수고대하고 있었는데요. 더 뜸들이지 않고 바로 모시겠습니다. 박건 선수입니다."

채선경 아나운서의 소개를 받은 박건이 가볍게 인사했다.

"우선 한국시리즈에서 우승을 차지하면 다시 '너와 나, 우리의 야구'에 출연하겠다는 약속을 지켜주셔서 감사드립니다."

"다른 사람도 아닌 채선경 아나운서님과 한 약속이니 당연히 지켜야죠. 일전에도 말씀드렸지만 저는 채선경 아나운서님의 팬이니까요."

"아직 그 마음이 바뀌지 않아서 다행이고 감사하네요. 그런데 정말 청우 로열스가 통합 우승을 차지했습니다. 혹시 지난번에 출연하셨을 당시, 이미 한국시리즈 우승을 차지할 수 있다는 확신을 갖고 계셨습니까?"

"없었습니다."

'왜 이래?'

이용운이 시키는 대로 확신이 없었다는 대답을 꺼낸 박건이 의아함을 품었다.

평소 이용운과는 조금 다르다는 생각이 들었기 때문이었다.

그때, 이용운의 이야기가 이어졌다.

"그래서 '너와 나, 우리의 야구'에 출연했던 것입니다."

"그게 무슨 말씀이세요?"

"당시에는 청우 로열스가 한국시리즈 우승을 차지할 수 있다는 확신을 갖지 못하고 있었습니다. 군이 확률로 말씀드리자면 청우 로열스가 한국시리즈 우승을 차지할 수 있는 확률이 3할 정도라고 판단했습니다. 그런데 '너와 나, 우리의 야구'에 출연하고 난 후 상황이 바뀌었습니다."

"어떻게 상황이 바뀌었다는 겁니까?"

"청우 로열스의 한국시리즈 우승 확률이 6할로 상승했습니다."

'뭔 소리야?'

박건이 의아함을 품었다.

그리고 의아함을 품은 것은 박건만이 아니었다.

"좀 더 자세한 설명을 부탁드려도 될까요?"

채선경 아나운서도 의아함을 품은 채 질문했다.

'이번 방송도… 개판이구나.'

박건이 한숨을 푹 내쉬었다.

대기실에서 살펴봤던 대본에는 예상 질문들이 적혀 있었다. 그렇지만 그 예상 질문들과는 전혀 다른 질문들과 내용들로 방송이 흐르고 있었다.

"제가 아까 청우 로열스의 한국시리즈 우승 확률이 3할이라고 말씀드렸던 것은 한국시리즈에서 맞붙는 상대 팀이 대승 원더스일 경우를 가정했기 때문입니다. 대승 원더스는 그 정도로 강한 팀이거든요."

박건이 말을 마친 순간, 채선경 아나운서가 반론을 펼쳤다.

"지난번 '키플레이어'에 출연했을 당시, 박건 선수는 한국시리즈에서 맞붙고 싶은 팀으로 대승 원더스를 지목했습니다. 그리고 대승 원더스를 만나고 싶은 두 가지 이유를 밝히셨죠. 그중한 가지 이유가 대승 원더스의 약점을 알고 있기 때문이라고 말씀하셨습니다. 혹시 기억하시나요?"

"물론 기억하고 있습니다."

"그런데 왜 대승 원더스를 한국시리즈에서 상대할 경우 청우로열스의 우승 확률이 3할에 불과하다고 말씀하신 겁니까? 대승 원더스의 약점을 알고 있으니 확률이 더 높아야 하는 것 아닌가요?"

'그러게 말입니다.'

박건이 속으로 대답했다.

방금 채선경 아나운서의 지적은 무척 날카로웠다.

박건도 반박하지 못하고 순순히 수긍했을 정도였다.

그리고 문제는… 박건도 그 이유를 모른다는 점이었다.

*　　　　*　　　　*

'대체 어떻게 수습하려는 거지?'

박건이 우려하고 있을 때, 이용운이 말했다.

"대승 원더스가 안고 있었던 약점은 한국시리즈에서는 통하지 않는 약점이었습니다. 딱 플레이오프에서만 드러나는 약점이었습니다."

"네?"

"다시 한번 말씀드리지만 대승 원더스는 강팀입니다. 특히 한
국시리즈에서는 더욱 강팀이 됩니다. 우승 경험이 많기 때문입니
다. 그래서……."

"잠시만요."

채선경 아나운서가 박건의 말을 끊었다.

"우선 짚고 넘어가야 할 부분이 있습니다."

"무엇입니까?"

"박건 선수가 지난번 방송에 출연하셔서 언급하셨던 대승 원
더스의 약점을 저와 시청자분들이 아직 모릅니다. 대승 원더스
의 약점이 대체 뭐였죠?"

"그 약점은… 의심이었습니다."

"의심… 이요?"

"대승 원더스의 전력은 막강합니다. 그래서 전문가들과 팬들
은 대승 원더스가 정규시즌 우승을 차지할 것이라고 대부분 예
상했습니다. 그리고 대승 원더스의 코칭스태프를 포함한 선수들
도 정규시즌 우승을 차지할 것을 확신하고 있었을 겁니다. 그렇
지만 결과는 달랐죠."

"대승 원더스는 정규시즌 우승이 아니라 준우승을 차지했죠."

"맞습니다. 정규시즌 막바지까지 리그 선두를 달리던 대승 원
더스는 우승 경쟁에서 가장 중요했던 청우 로열스와의 3연전에
서 스윕 패를 당하며 정규시즌 우승을 빼앗겼습니다. 그 과정에
서 대승 원더스 선수들은 과연 우리가 리그 최강의 전력을 갖추

고 있는가에 대한 확신을 잃어버리고 의심을 갖게 됐습니다. 제가 약점이라고 판단했던 것은 대승 원더스 선수들 사이에 만연한 의심이었습니다. 그리고 우송 선더스 장정훈 감독님은 그 약점을 집요하게 파고들어서 플레이오프에서 모두의 예상을 깨고 대승 원더스를 상대로 승리를 거두었던 것입니다."

이 부분까지는 생각하지 못했기 때문일까.

김문식 해설위원과 최태룡 해설위원은 놀란 표정을 감추지 못하고 있었다.

그들의 반응을 살피던 박건이 덧붙였다.

"이이제이(以夷制夷)의 계책을 사용했다고 표현하면 적절한 표현일 것 같습니다."

"이이제이의 계책이라 함은 오랑캐를 이용해서 다른 오랑캐를 무찌르는 계책을 말하는 것이잖습니까?"

'똑똑하네.'

채선경 아나운서는 이이제이의 계책에 대해 알고 있었다. 그래서 박건이 속으로 감탄했을 때, 그녀가 질문을 이었다.

"그럼… 우송 선더스를 이용해서 대승 원더스를 제압하려고 했다는 발언으로 해석하면 될까요?"

"맞습니다. 아무래도 대승 원더스보다는 우송 선더스가 한국시리즈에서 상대하기 더 쉬운 팀이었거든요. 그래서 제가 아까 대승 원더스가 아닌 우송 선더스가 한국시리즈 상대 팀으로 결정됐을 때, 3할에서 6할로 우승 확률이 올라갔다고 표현한 겁니다."

"하지만 이해가 안 가는 부분이 하나 있습니다."

"어떤 부분입니까?"

"박건 선수는 이미 대승 원더스의 약점이 의심이란 사실을 알고 있는 상황이었습니다. 그럼 우송 선더스보다 대승 원더스가 더 쉬운 상대가 아니었을까요?"

"충분히 그런 의문을 품을 수 있습니다. 그렇지만 대승 원더스보다 우송 선더스가 더 쉬운 상대가 맞습니다."

"이유는요?"

박건이 대답하려고 했지만, 김문식 해설위원이 나서는 것이 한 발 더 빨랐다.

"준플레이오프부터 플레이오프까지 계속 혈전을 치르며 한국 시리즈까지 진출한 우송 선더스가 체력적으로 한계에 닥쳤다는 것이 대승 원더스보다 우송 선더스가 더 쉬운 상대라고 주장하시는 이유일 것 같습니다."

김문식 해설위원의 목소리는 확신에 차 있었다.

반면 최태룡 해설위원은 아쉬운 표정을 짓고 있었다.

김문식 해설위원에게 선수를 빼앗긴 것이 아쉬운 듯 보였다.

그때, 박건이 다시 입을 뗐다.

"그 추측은 틀렸습니다."

*   *   *

"제 추측이 틀렸다고요?"

김문식 해설위원이 당황한 기색을 드러내며 다시 물었다.

"그럼 대체 이유가 뭡니까?"

"상황이 변하기 때문입니다."

"무슨 상황이 어떻게 변한다는 겁니까?"

"우송 선더스와 대승 원더스가 맞붙은 플레이오프는 서로 한 경기씩을 주고받으며 5차전에서야 승부가 갈렸을 정도로 치열한 승부가 펼쳐졌습니다. 만약 대승 원더스가 그 치열한 승부 끝에 우송 선더스를 제압하고 한국시리즈에 진출했다면 의심이 사라졌을 겁니다."

"의심이… 사라졌다?"

"그리고 의심이 사라진 빈자리에는 대신 확신이 깃들었겠죠. 즉, 대승 원더스의 유일한 약점이 사라진다는 뜻입니다. 그리고 약점을 지워 버린 대승 원더스는 강팀이 맞습니다."

박건이 말을 마친 후, 고개를 돌렸다.

김문식 해설위원과 최태룡 해설위원이 던지는 강렬한 시선을 느꼈기 때문이었다.

그런 그들의 눈에 담긴 감정은 놀람과 감탄이었다.

박건이 제시한 분석이 그들의 예상 범위를 훌쩍 뛰어넘었기 때문이리라.

그때, 채선경 아나운서가 나섰다.

"그래서 플레이오프에서 대승 원더스를 제압하고 우송 선더스의 한국시리즈 진출이 확정됐을 때, 장정훈 감독님께서 인터뷰 도중에 수훈 선수로 박건 선수를 꼽았었군요. 박건 선수의 이야기를 다 듣고 나니 비로소 장정훈 감독님이 플레이오프 수훈 선수로 박건 선수를 언급했던 것이 이해가 갑니다."

"역시 똑똑해."

"네?"

"아, 아닙니다. 실언이 나왔습니다."

박건이 당황한 기색을 드러냈다.

"야, 그 말을 옮기면 어떡해? 방송이 장난이야?"

이용운의 질책까지 들은 박건이 더 집중하겠다고 각오를 다졌을 때, 채선경 아나운서가 멘트를 이어나갔다.

"그럼 청우 로열스의 한국시리즈 우승에는 '너와 나, 우리의 야구'도 일정 부분 역할을 했다. 이렇게 정리를 하고 마무리를 해도 괜찮을까요?"

"네, '너와 나, 우리의 야구'가 큰 역할을 했습니다. 그리고 제가 다시 출연하겠다는 약속을 지킨 것에는 '너와 나, 우리의 야구'라는 프로그램에 고마운 마음을 갖고 있는 것도 한몫했습니다."

박건이 대답을 마치자, 채선경 아나운서가 최태룡 해설위원에게 마이크를 넘겼다.

"박건 선수가 다시 출연하셨는데 최태룡 해설위원님은 박건 선수에게 질문이 없으신가요?"

"물론 있습니다. 우선 청우 로열스의 한국시리즈 우승을 축하드립니다. 또 박건 선수가 한국시리즈 최우수선수로 선정된 것도 축하드립니다."

"감사합니다."

"모두의 예상을 깨고 청우 로열스가 통합 우승을 차지했는데요. 통합 우승을 차지하고 난 후, 어떤 부분이 가장 좋았습니까?"

"가장 좋았던 것은······."

박건이 바로 대답하지 않고 머뭇거리자, 최태룡 해설위원이 의아한 표정을 지은 채 다시 물었다.

"제가 드린 질문이 너무 어려운 질문이었나요? 아니면, 통합 우승을 차지했음에도 좋은 점이 꼽기 힘들 정도로 딱히 없는 건가요?"

둘 다 아니었다.

박건이 바로 대답하지 못하고 머뭇거린 이유는 과연 이 대답을 해도 괜찮을까 하는 우려가 들어서였다.

'진짜 이렇게 말해도 되나?'

이런 우려가 들어서 선뜻 대답하지 못하고 박건이 망설일 때, 이용운이 말했다.

"괜찮으니까 말해."

"······."

"후배에게 득이 되면 득이 되지 실이 되지는 않을 것이다. 그리고 날 믿기로 했잖아?"

이용운의 재촉을 받은 박건이 더 버티지 못하고 잠시 멈추었던 대답을 꺼냈다.

"가장 좋았던 점은 통장의 잔고가 늘었다는 겁니다."

"우승 보너스를 두둑하게 받았나 보군요."

"우승 보너스도 받긴 했지만, 제 통장 잔고가 늘어난 더 큰 이유는 옵션 계약을 충족시킨 덕분입니다."

"옵션 계약이요?"

한성 비글스에서 웨이버공시 됐던 박건은 곧바로 청우 로열스와 계약했다.

그렇지만 자세한 계약 내용에 대해서는 알려지지 않았다.

아니, 알려지지 않았다는 표현은 틀렸다.

당시 박건은 워낙 인지도가 낮았던 탓에 박건의 계약 내용에 대해서 관심을 가진 이들이 없었다고 표현하는 편이 더 정확했다.

"그럼 박건 선수가 청우 로열스와 계약할 당시에 한국시리즈 우승 시 보너스를 지급받는다는 옵션 계약을 맺었다는 뜻입니까?"

"네, 맞습니다."

"혹시 다른 옵션 계약도 존재합니까?"

"아닙니다."

"그러니까 다른 옵션 계약은 없이 청우 로열스가 우승할 때 보너스를 받는다는 옵션 계약만 맺은 겁니까?"

박건이 잠시 망설인 후, 대답했다.

"그렇습니다. 방송에서 이런 표현을 써도 되는지 모르겠지만, 속된 말로 한국시리즈 우승에 몰빵을 했습니다."

*　　　*　　　*

몰빵이란 표현이 충격적이어서일까.

최태룡 해설위원의 말문이 막혔다.

그런 그를 대신해 김문식 해설위원이 나섰다.

"왜요?"

"네?"

"그러니까 왜 몰빵을 하신 겁니까?"

"몰빵을 하면 안 됩니까?"

박건이 되묻자 김문식 해설위원이 당황한 기색으로 말을 더듬었다.

"몰빵을 하면 안 된다는 게 아니라… 그러니까 제가 이런 질문을 드린 이유는 너무 무모하단 생각이 들어서입니다."

"청우 로열스는 한국시리즈 우승을 차지할 확률이 극히 낮은 팀이었다. 그런데 왜 일정 타율이나 타점 이상을 올렸을 때 보너스를 지급받는 옵션 계약을 맺지 않고, 청우 로열스가 한국시리즈에서 우승할 시, 보너스를 지급받는 옵션 계약을 맺었느냐? 이 점에 대해 질문하신 것이 맞습니까?"

"네, 특별한 이유가 있습니까?"

'무모하단 표현이 딱 어울릴 정도로 위험 부담이 무척 큰 모험이었죠. 모 아니면 도였는데 운 좋게 모가 나왔던 겁니다.'

원래 박건이 하고 싶었던 대답.

그렇지만 박건은 다른 대답을 꺼냈다.

"선견지명(先見之明)이 있었다고 표현하면 될 것 같습니다."

"한성 비글스에서 웨이버공시를 당한 후 청우 로열스와 계약을 맺을 때, 청우 로열스가 한국시리즈 우승을 차지할 거라는 예상을 했다는 뜻입니까?"

"그렇습니다."

박건의 대답을 들은 김문식 해설위원이 눈살을 찌푸렸다.

"선견지명이란 표현은 어울리지 않는 것 같습니다."

"왜 그렇게 생각하십니까?"

"제 기억이 틀리지 않다면 박건 선수가 청우 로열스와 계약을 맺을 당시, 청우 로열스의 순위는 리그 최하위였습니다. 게다가 딱히 반등할 수 있는 요인도 없는 상황이었습니다. 그러니 청우 로열스가 우승할 것이라 예상하고 옵션 계약을 맺은 것은 선견지명이 아니라 무모했다고 표현하는 게 더 맞는 것 같습니다."

"반등할 수 있는 요인이 있었습니다."

"반등 요인이 있었다고요?"

"네."

"무엇입니까?"

박건이 힘주어 대답했다.

"청우 로열스의 반등 요인은… 저였습니다."

제5장

'이러다가 국민 욕받이 되는 것, 아냐?'

박건이 한숨을 내쉬었다.

그동안 박건은 꽤 좋은 이미지를 구축했던 편이었다.

그렇지만 오늘 방송 이후 애써 구축한 좋은 이미지가 깨질 확률이 높다는 생각이 들었다.

"청우 로열스의 반등 요인은… 저였습니다."

아까 박건이 꺼냈던 대답은 스스로 생각해 봐도 재수가 없었으니까.

'여기서 멈췄으면 좋겠는데.'

박건이 내심 바랐지만, 이용운은 그런 자신의 속내를 알아채지 못한 듯 보였다.

"청우 로열스에서 잘할 자신이 있었습니다."

"하지만……."

"그리고 잘했잖습니까?"

최태룡 해설위원의 말문이 막혔다.

박건이 청우 로열스로 이적한 후, 좋은 활약을 펼친 것은 부인할 수 없는 팩트였기 때문이었다.

동료애가 발휘된 걸까.

일순 말문이 막혀 버린 최태룡 해설위원을 지원사격 하기 위해서 김문식 해설위원이 끼어들었다.

"물론 박건 선수가 청우 로열스로 이적한 후에 좋은 활약을 펼쳤다는 것은 사실입니다. 그렇지만 야구는 혼자 하는 게 아니라 팀 스포츠입니다. 박건 선수가 좋은 활약을 펼칠 자신이 있다고 해도 객관적인 전력이 뒤처지는 청우 로열스가 한국시리즈 우승을 차지할 수 있을 거라고 확신하기에는 어려웠을 텐데요?"

"말씀하신 대로 야구는 팀 스포츠입니다. 저는 청우 로열스의 송이현 단장님이 했던 약속을 믿었습니다. 당신이 끝이 아니다. 앞으로 청우 로열스가 우승할 수 있도록 좋은 선수들을 계속 영입하겠다는 약속 말입니다. 그리고 송이현 단장님이 그 약속을 지켰기 때문에 청우 로열스는 한국시리즈 우승을 차지할 수 있었던 겁니다."

"그리 눈에 띄는 선수 영입은 없었는데요."

박건의 말이 끝난 순간, 김문식 해설위원이 반박했다.

"굵직한 FA를 영입하지도 않았고, 박건 선수를 포함해서 올 시즌에 영입한 선수들은 기존 소속 팀에서 비주전이었던 선수들이 대부분이었으니까요."

"맞습니다. 그런데 김문식 해설위원님께서 전혀 주목하지 않았던 선수들의 활약 덕분에 청우 로열스는 반등에 성공했고, 결국 한국시리즈 우승까지 차지했습니다."

"그건……."

"선수의 이름값에 연연하지 않고 팀에 큰 도움이 될 수 있는 좋은 기량을 갖춘 선수들을 영입한 청우 로열스 스카우트 팀장 제임스 윤의 혜안이 큰 역할을 했다고 생각합니다.

'제임스 윤도 그동안 고생 많이 했지.'

박건이 제임스 윤을 칭찬한 후, 쓰게 웃었을 때였다.

"청우 로열스로 이적하고 난 후, 야구를 잘할 자신이 있다. 팀의 구심점 역할을 해내며 청우 로열스를 한국시리즈 우승으로 이끌 수 있다. 이런 박건 선수의 확신이 적중했던 셈이네요."

채선경 아나운서가 멘트를 받았다.

"개인적으로는 이런 박건 선수의 자신감이 굉장히 매력적으로 느껴집니다. 그리고 자신감을 바탕으로 청우 로열스가 한국시리즈에서 우승할 시 거액의 보너스를 받는다는 옵션 계약을 맺은 결단력도 무척 매력적이고요."

박건이 환하게 웃으며 자신을 바라보는 채선경 아나운서에게서 시선을 떼지 못하고 있을 때였다.

"띠링. 호감도가 1 상승했습니다."

이용운이 불쑥 말했다.

"게임도 하십니까?"

"소싯적에 좀 했지. 왜? 난 게임하면 안 되냐? 그리고 내 덕분에 후배에 대한 채선경 아나운서의 호감도가 상승한 것은 사실이지 않느냐?"

'정말 호감도가 상승했나?'

박건이 채선경 아나운서를 유심히 살폈다.

확실히 녹화를 막 시작했을 때보다 지금 자신을 바라보는 채선경 아나운서의 표정에 떠올라 있는 미소가 더 짙어진 것 같았다.

"후배의 자신감과 결단력에 감탄해서 호감도가 상승한 거지. 그리고 하나 더, 말로 먹고 사는 해설위원들보다 더 말발이 좋아서 감탄했을 거야."

'그럴 수도 있겠네.'

박건이 고개를 돌렸다.

환하게 웃고 있는 채선경 아나운서와 달리 김문식 해설위원과 최태룡 해설위원의 표정은 좋지 않았다.

박건은 해설위원이 아니라 현역선수.

그런데 녹화 중에 두 해설위원은 박건에게 언변에서 밀리고 있었다.

그리고 그들이 밀리는 이유는 박건의 분석이 더 정확하고 논리적이었기 때문이었다.

'확실히 실력은 있네.'

박건이 해설위원 이용운의 실력과 말발에 내심 감탄했을 때였다.

"마침 자신감과 결단력에 대한 이야기가 나왔으니 이제 박건 선수의 메이저리그 진출에 대한 이야기로 주제를 바꿔보겠습니다. 박건 선수, 포스팅 시스템을 통한 메이저리그 진출을 천명하셨죠?"

"맞습니다."

"몇 팀이나 포스팅 시스템에 입찰할 거라고 예상하세요?"

"최소 다섯 개 구단은 입찰할 것이라고 예상합니다."

"메이저리그 다섯 개 구단 이상이 박건 선수 영입을 위해 포스팅 시스템에 입찰할 거라고 확신한다?"

"네."

"역시 자신감이 대단하시네요."

채선경 아나운서가 감탄한 순간, 김문식 해설위원이 끼어들었다.

"제 의견은 좀 다릅니다. 제가 판단하기에 메이저리그 구단 중 박건 선수를 영입하기 위해서 포스팅 시스템에 입찰하는 팀은 없을 것 같습니다."

'거, 말이 너무 심한 것 아니오?'

이렇게 따지고 싶은 것은 꾹 참고, 박건이 질문했다.

"왜 그렇게 판단하신 겁니까?"

"전례가 있기 때문입니다."

"전례라면?"

"재작년 송한울 선수가 포스팅 시스템을 통해서 메이저리그 진출을 도모했습니다. 아시다시피 송한울 선수는 KBO 리그를 대표하는 우익수로서 프로 데뷔 이후 꾸준히 3할 이상의 타율을 기록한 교타자였습니다. 그래서 팬들도 많은 기대를 했지만, 정작 송한울 선수의 포스팅에는 메이저리그 구단 가운데 어느 구단도 입찰을 하지 않았습니다. 송한울 선수가 이런 푸대접을 받았는데 과연 박건 선수가 이번 포스팅에서 바라던 결과를 얻을 수 있을까요? 아까도 말씀드렸듯이 그럴 가능성은 무척 낮습니다. 박건 선수는 송한울 선수에 비해 나은 점이 없으니까요."

"형편없네."

김문식 해설위원의 말이 끝나기 무섭게 이용운이 말했다.

"해설위원은 감정에 휩쓸리지 않고 냉정해야 하는데 너무 흥분했어."

이용운의 말대로였다.

김문식 해설위원의 낯빛은 벌겋게 상기되어 있었다.

그리고 흥분한 기색이 역력한 김문식 해설위원에게 채선경 아나운서도 우려 섞인 시선을 던지고 있었다.

그때, 이용운이 덧붙였다.

"더 큰 문제는 분석도 형편없다는 것이다."

끌끌 혀를 차던 이용운이 다시 입을 뗐다.

"본인이 얼마나 형편없는 해설위원인지 깨닫게 해줘야겠다."

*　　　　　*　　　　　*

"이상하네요."

박건이 고개를 갸웃거리며 입을 떼자, 김문식 해설위원이 물었다.

"뭐가 이상하단 겁니까?"

"제 눈에는 보이거든요."

"……?"

"제가 송한울 선배님에 비해서 더 나은 점이 보인단 뜻입니다."

"박건 선수의 어느 부분이 송한울 선수보다 낫다는 것입니까?"

김문식 해설위원이 따지듯이 질문한 순간, 박건이 씨익 웃으며 대답했다.

"얼굴이요."

"네?"

전혀 예상치 못했던 대답이기 때문일까.

김문식 해설위원이 당황한 기색을 드러냈다.

반면 채선경 아나운서는 웃음을 터뜨렸다.

"비웃으신 건 아니죠?"

"아닙니다."

"그럼 제 주장을 인정하시는 겁니까?"

"그건… 노코멘트하겠습니다."

채선경 아나운서가 재치 있게 빠져나간 순간, 박건이 김문식 해설위원을 응시하며 다시 입을 뗐다.

"다릅니다."

"네?"

"저와 송한울 선배 중 누가 더 나은 게 아니라 서로 다르다는 뜻입니다."

"스타일이 다르다는 뜻인가요?"

"그렇습니다. 수비만 놓고 보면 저와 송한울 선배는 각각 장단점이 있습니다. 송한울 선배의 장점은 수비 범위가 넓은 편인 반면, 제 장점은 어깨가 강해서 송구가 강하고 정확하다는 점입니다. 그래서 보살을 많이 기록했죠. 인정하십니까?"

"인정하죠. 하지만 타격 능력에서는……."

"역시 다릅니다. 아까 해설위원님께서 말씀하셨듯이 송한울 선배님은 교타자 스타일입니다. 그래서 타율이 높지만, 장타력 측면에서는 아쉬움을 드러내죠. 반면 저는 교타자 스타일이 아닙니다. 중장거리 타자 유형이라고 표현할 수 있겠죠. 그런데 누가 더 나은 타자이냐? 이건 우문이라고 생각합니다. 그렇지만 우문현답(愚問賢答)이라는 사자성어가 괜히 있는 게 아니죠. 제가 현답을 드리겠습니다."

"말씀해 보시죠."

"저와 송한울 선배 가운데 누가 더 나은 타자냐가 중요한 게 아니라, 어느 스타일의 타자를 메이저리그 스카우터들이 더 선호하는가가 훨씬 중요한 부분입니다. 메이저리그 구단에서는 선호하는 외야수 스타일이 있습니다. 한 시즌에 홈런 15개 정도는 기록할 수 있는 장타력을 갖춘 호타준족 스타일의 외야수를 모든 팀에서 원하죠. 그런 점만 놓고 보면 송한울 선배에 비해서 제가 더 유리하다고 생각합니다."

재작년 시즌 송한울이 기록한 홈런 개수는 11개였다.

간신히 홈런 개수 10개를 넘기긴 했지만, 장타력을 갖추고 있다는 사실을 증명하기에는 부족한 홈런 개수였다.

그리고 KBO 리그와 메이저리그는 투수들의 수준이 달랐다.

KBO 리그에서 10개의 홈런을 기록한 타자는 메이저리그에서는 홈런 개수가 절반 이하로 줄어들 거라고 메이저리그 스카우터들은 판단하고 있는 만큼, 송한울은 스카우터들에게 높은 점수를 얻기 힘들었던 셈이었다.

이것이 송한울이 포스팅 시스템을 통해 메이저리그 진출을 도모했을 당시 어느 구단도 입찰하지 않았던 이유.

그렇지만 김문식 해설위원은 순순히 물러나지 않았다.

"송한울 선수가 박건 선수에 비해서 분명히 나은 점이 있습니다."

"어떤 부분입니까?"

"꾸준함입니다. 메이저리그 스카우터들은 꾸준히 활약을 하는가 여부를 무척 중요하게 평가합니다. 그런 면에서 박건 선수는 높은 점수를 받기 어렵습니다."

한 시즌 반짝한 게 다가 아니냐?

그런데 메이저리그 진출 운운하는 것부터 오버가 아니냐?

김문식 해설위원이 방금 한 말에 숨은 속뜻이었다.

그리고 이런 생각을 갖고 있는 것은 김문식 해설위원만이 아니었다.

—한 시즌 반짝하고 메이저리그 진출 운운하는 건 에바 아니냐?

—주제 파악부터 하자.

—메이저리그를 무시하지 마라.

―관종이 틀림없다.

박건이 포스팅 시스템을 통해 메이저리그에 진출하겠다는 의사를 밝힌 기사 아래 달린 댓글들 역시 부정적이었다.

"그 부분은 인정합니다. 그렇지만 제게는 다른 선수들이 갖지 못한 장점이 있다고 생각합니다. 바로 투타 겸업이 가능하단 겁니다."

"그건……."

"꾸준함을 증명하지는 못했지만 파괴력은 있다. 또 투타 겸업이 가능해서 활용도가 높다. 이런 저의 장점에 관심을 가지는 메이저리그 스카우터들도 있지 않을까요?"

"메이저리그 스카우터들은 냉정합니다. 또, 메이저리그 구단도 냉정합니다. 팀에 도움이 되지 않는 선수라고 판단하면 백 원, 아니, 십 원도 쓰지 않으려고 하죠. 과연 그들이 검증되지 않은 선수에게 투자를 할까요?"

박건과 김문식 해설위원이 팽팽한 대치를 이어나갈 때였다.

"역시 기대했던 대로네요."

채선경 아나운서가 재빨리 수습을 시작했다.

"박건 선수가 출연했던 지난 방송, 화제성이 컸기도 했지만, 개인적으로도 방송이 무척이나 재밌었습니다. 그래서 이번에도 기대를 했는데 역시 그 기대에 부응해 주시네요. 아니, 솔직히 기대 이상입니다. 아쉬운 점은 방송 시간이 어느덧 다 됐다는 점입니다. 포스팅 시스템을 통해서 메이저리그 진출을 선언한 박건 선수의 입찰 결과가 과연 어떻게 될지는 저도 무척 궁금한…….."

"250만 달러입니다."

박건이 채선경 아나운서의 말을 도중에 자르며 끼어들었다.

"250만 달러요?"

채선경 아나운서가 의아한 시선을 던질 때, 박건이 설명을 덧붙였다.

"250만 달러가 마지노선입니다."

"마지노선이라 함은?"

"메이저리그 구단에서 저를 영입하기 위해서 입찰한 금액이 250만 달러 미만이라면, 저는 메이저리그에 진출하지 않기로 결심했습니다."

"왜 그런 결심을 하셨습니까?"

"입찰액이 250만 달러 미만이라면 제 가치를 제대로 인정받지 못하는 것이라고 판단하기 때문입니다."

박건의 대답을 들은 채선경 아나운서가 놀란 표정을 지은 채 질문했다.

"250만 달러 이상이 가능할까요?"

그렇지만 박건은 대답하지 않았다.

자신에게 던진 질문이 아니었기 때문이었다.

"저는… 어렵다고 생각합니다."

"박건 선수는 내년에도 KBO 리그에서 활약하겠네요."

최태룡 해설위원과 김문식 해설위원이 차례로 대답을 꺼냈다.

그들이 부정적인 의견을 피력했음에도 박건은 반박하지 않았다.

그는 그저 희미한 웃음을 지은 채 채선경 아나운서를 향해 질문을 던졌다.

"어떻게 생각하십니까?"

"저요?"

"네, 채선경 아나운서님의 의견도 궁금합니다."

박건이 질문을 던질 것은 예상치 못해서일까.

채선경 아나운서는 당황한 기색이었지만, 대답을 피하지는 않았다.

"저도 두 분 해설위원분들과 같은 의견입니다."

"저를 영입하기 위해서 250만 달러 이상 입찰할 메이저리그 구단이 없을 거라고 예상하시는군요."

"그렇습니다."

"그럼… 내기를 할까요?"

"내기요?"

"저는 250만 달러 이상의 입찰액을 써낼 메이저리그 구단이 있을 거라고 확신하고 있습니다. 반면 세 분께서는 저와 의견이 다르시죠. 그러니 내기의 요건은 성립이 된 것 같은데요?"

"무엇을 걸고 내기를 하자는 건가요?"

박건이 대답했다.

"진 쪽이 이긴 쪽에게 식사를 대접하는 걸로 하죠."

*   *   *

"어때? 고맙지?"

'너와 나, 우리의 야구' 녹화를 마치고 숙소로 돌아온 후, 이용운이 질문했다.

"대체 어느 부분에서 고마워해야 하는 겁니까?"

박건이 되묻자, 이용운이 대답했다

"내가 채선경 아나운서와 데이트할 수 있는 기회를 만들어 줬잖아."

"언제요?"

"내기했던 것, 벌써 잊었어?"

"입은 삐뚤어져도 말은 바로 하시죠."

"무슨 뜻이야?"

"채선경 아나운서와 데이트할 수 있는 기회를 만들어주신 게 아니라, 그냥 내기를 하신 거죠."

박건이 지적했지만, 이용운은 여전히 당당했다.

"그게 그거지."

"엄연히 다릅니다."

"내기에서 이기면 채선경 아나운서와 데이트를 할 수 있잖아?"

"두 가지 문제가 있습니다."

"놀랍군."

"대체 뭐가 놀랍다는 겁니까?"

"난 문제를 못 찾았거든. 그런데 내가 찾지 못한 문제점을 후배가 무려 두 가지씩이나 찾아냈다는 게 놀라워."

감탄한 기색으로 이용운이 덧붙였다.

"그 두 가지 문제가 뭔지 어디 한번 들어나 보지."

"첫 번째 문제는 들러리가 둘씩이나 있다는 겁니다."

"들러리?"

"두 해설위원 말입니다."

"김문식 해설위원이랑 최태룡 선배?"

"네. 설령 제가 내기에서 이겨서 밥을 얻어먹게 된다고 해도 넷이서 함께 먹는 것 아닙니까? 그런데 무슨 데이트입니까?"

"그 문제는 간단히 해결할 수 있다."

"어떻게요?"

"들러리들에게 식사 자리에 나오지 말라고 하면 된다."

"그게 그렇게 간단할 리가 없지 않습니까?"

"간단하다."

"하지만……."

"후배가 아직 해설위원에 대해 잘 모르기 때문에 하는 걱정일 뿐이다."

"……?"

"해설위원들은 자존심이 무척 강하다. 본인들이 한 예상이 빗나가면서 내기에 졌는데 후배와 같이 밥을 먹고 싶을까? 당연히 아니다. 그런데 후배가 먼저 안 나와도 된다고 말해주면 오히려 고마워할걸."

"그런가요?"

"해설위원인 내 말을 믿어라. 그럼 일단 문제 하나는 해결한 것 같고, 나머지 하나의 문제는 무엇이냐?"

이용운의 질문을 받은 박건이 대답했다.

"아직 내기에서 이길지 여부를 모른다는 겁니다."

"녹화할 때 자신 있다고 했잖아?"

"선배님."

"왜?"

"자신 있다고 한 건 제가 아니라 선배님입니다."

박건이 한숨을 내쉬며 말했다.

"비싼 것 먹어도 됩니까?"

녹화 말미에 박건이 채선경 아나운서에게 했던 질문이었다.

그렇지만 엄밀히 말하면 이건 박건이 한 말이 아니었다.

이용운이 했던 말을 옮겼을 뿐이었다.

"…잠이 안 옵니다."

"누가? 후배가?"

"네."

"잘 자던데?"

"밤새 뒤척였습니다."

"코 고는 소리를 분명히 들었는데."

"연기한 겁니다."

"어디 이유나 들어보자. 대체 왜 잠이 안 오는 거지?"

"개망신당할까 무서워서요."

"개망신?"

"만약 입찰 결과 250만 달러 이상을 입찰한 구단이 없으면 전
국적으로 개망신당하는 것 아닙니까?"

박건이 한숨을 내쉬었다.

이미 송이현 단장과 메이저리그 구단에서 250만 달러 이상의 입찰액을 써내면 메이저리그 진출을 하기로 약속했다.

그렇지만 그건 내부적인 합의였다.

그런데 '너와 나, 우리의 야구'에 출연해서 메이저리그 구단에서 250만 달러 이상 입찰하지 않으면 메이저리그에 진출하지 않겠다고 공개 선언을 해버렸다.

이런 상황에서 만약 메이저리그 구단에서 턱없이 적은 입찰액을 써낸다면?

아니, 최악의 경우 입찰에 응하는 메이저리그 구단이 없다면?

박건은 말 그대로 전국구 개망신을 당하게 되는 셈이었다.

그래서 박건이 한숨을 푹푹 내쉬고 있을 때였다.

지이잉. 지이잉.

탁자에 올려놓은 휴대전화가 진동했다.

휴대전화를 향해 손을 뻗던 박건이 발신자가 송이현 단장임을 깨닫고 멈칫했다.

'포스팅 결과가 나왔다.'

딱 직감이 왔기 때문이었다.

"결과가 나올 때가 됐지."

이용운도 흥미를 드러내며 재촉했다.

"빨리 받아봐."

박건이 여전히 머뭇거릴 때, 이용운이 한마디를 덧붙였다.

"궁금해 죽겠으니까."

         *   *   *

후우.

박건이 크게 숨을 들이켠 후 통화 버튼을 눌렀다.

"네, 단장님."

"포스팅 결과가 나왔어요."

휴대전화를 쥔 박건의 손에 힘이 들어갔다.

메이저리그라는 최고의 무대에 진출하느냐?

전국구 개망신을 당하느냐?

자신의 운명이 갈릴 시점이 코앞으로 다가와 있었기 때문이었다.

"결과는… 어떻게 됐습니까?"

"슬픈 결과가 나왔어요."

'전국구 개망신.'

송이현의 대답을 들은 박건이 퍼뜩 떠올린 생각이었다.

그래서 눈앞이 하얗게 변했을 때였다.

"박건 선수와 이별이 확정됐으니까요."

"……?"

"제 입장에서는 무척 슬픈 결과죠."

박건과 송이현은 서로 입장이 달랐다.

박건은 전국구 개망신을 당하지 않기 위해서라도 꼭 메이저리그에 진출해야 했다.

반면 송이현은 박건이 내년 시즌에도 청우 로열스 소속 선수로 활약하기를 바라고 있었다.

그런데 송이현의 입장에서 슬픈 결과라면, 박건을 영입하기 위해서 250만 달러 이상을 입찰한 메이저리그 구단이 있다는 뜻이었다.

"어느 구단입니까?"

박건이 떨리는 목소리로 질문했다.

잠시 후, 송이현에게서 대답이 돌아왔다.

"뉴욕 메츠입니다."

'본의 아니게 뉴요커가 되는구나.'

박건의 입가에 미소가 번졌을 때, 이용운이 마뜩찮은 목소리로 소리쳤다.

"왜 하필 뉴욕 메츠야?"

"뉴욕 메츠가 어때서요?"

박건이 따지듯 물었다.

시티 필드를 홈구장으로 쓰고 있는 뉴욕 메츠는 1962년에 창단된 역사가 깊은 구단 중 한 곳이었다.

비록 같은 뉴욕이 연고지인 전통의 명문 구단 뉴욕 양키스에 조금 가려지는 측면이 있긴 했지만, 뉴욕 메츠도 월드시리즈 우승을 두 차례나 차지한 명문 구단이었다.

그리고 지금 뉴욕 메츠가 명문 구단이냐 아니냐는 중요한 게 아니었다.

뉴욕 메츠가 포스팅에 입찰해 준 덕분에 전국구 개망신을 당할 위기에서 간신히 벗어나며 메이저리그 진출이 가능해져 있었다.

"물에 빠진 사람 구해놨더니 보따리 내놓으라고 한다는 속담

아시죠?"

박건이 못마땅한 표정으로 질문하자, 이용운이 대답했다.

"물에 빠졌다가 겨우 빠져나오기만 한 상황이다."

"무슨 뜻입니까?"

"뉴욕 메츠는 내가 원했던 구단이 아니란 뜻이다."

이용운은 여전히 불만을 표했지만, 박건은 딱 잘라 말했다.

"최고 입찰액을 써낸 구단과 우선 협상을 한다는 포스팅 시스템 규정에 대해서는 알고 계시죠?"

"물론 알고 있다."

이용운이 한숨을 내쉰 후 덧붙였다.

"에이전트의 역할이 진짜 중요해졌다."

*   *   *

301만 달러.

박건의 포스팅에 입찰한 뉴욕 메츠가 써낸 입찰액이었다. 그리고 포스팅 시스템 규정에 따라 박건은 최고 입찰액을 써낸 뉴욕 메츠와 협상을 해야 했다.

선택의 여지가 없는 상황.

이제는 뉴욕 메츠와의 협상에 집중해야 했다.

그렇지만 이용운은 현 상황이 마음에 들지 않았다.

아까 박건에게도 말했듯이 뉴욕 메츠는 이용운이 내심 원하고 있었던 구단이 아니었기 때문이었다.

"좋냐?"

뉴욕 메츠에서 301만 달러를 입찰했다는 소식을 전해 들은 후, 박건의 입가에는 미소가 떠나지 않았다.

"좋습니다."

"전국구 개망신을 당할 위기를 넘겨서?"

"그것도 좋지만, 이제 진짜 메이저리거가 되니까 좋습니다."

박건의 목소리는 잔뜩 들떠 있었다.

그런 박건을 탓할 수는 없었다.

프로야구 선수에게 메이저리그는 꿈의 무대였다.

그 꿈의 무대에 도전할 기회를 얻었으니 기쁜 것은 당연지사였다.

그렇지만 이용운은 메이저리그에 진출하는 것이 끝이 아니라는 사실을 잘 알고 있었다.

박건은 이제 막 출발대 앞에 섰을 뿐이었다.

그리고 첫 단추를 잘 꿰는 것이 중요하단 이야기가 괜히 있는 게 아니었다.

'뉴욕 메츠는 불안해.'

어디서 뛰든 야구선수는 야구만 잘하면 성공한다는 이야기가 있긴 했지만, 너무 낙관적인 이야기였다.

새로운 리그에 도전할 경우 수많은 변수들이 존재했다.

그 변수들로 인해서 본인이 가지고 있는 실력을 보여줄 기회조차 얻지 못할 가능성도 충분히 존재했다.

'내가 나서야 해.'

곧 메이저리거가 된다는 사실로 인해 잔뜩 흥분한 박건에게 아무리 떠들어 봐야 소귀에 경 읽기나 마찬가지였다.

그래서 직접 나서기로 결심한 이용운이 입을 뗐다.

"제임스 윤 전화번호, 알지?"

*　　　　*　　　　*

숙소 근처 작은 치킨집에서 제임스 윤을 만났다.

"축하합니다."

박건을 만난 제임스 윤은 축하 인사부터 건넸다.

"감사합니다."

박건이 웃으며 공을 돌렸다.

"전부 제임스 덕분입니다."

"저는 딱히 한 게 없습니다."

"아니요. 만약 제임스가 단장님께 제 영입을 추천하지 않았다면 이런 날은 오지 않았을 겁니다."

박건이 덧붙였지만, 제임스 윤은 고개를 흔들었다.

"저는 현재 청우 로열스의 스카우트 팀장입니다. 좋을 선수를 찾아내서 영입하는 것이 제 임무죠. 그 임무에 충실했을 뿐입니다."

제임스 윤이 자리에 앉으며 물었다.

"그런데 무슨 일 때문에 저를 만나자고 했습니까?"

"조언을 듣고 싶어서요."

"조언… 이요?"

"메이저리그에 진출할 기회를 얻었지만, 저는 아직 햇병아리나 다름없을 정도로 경험이 부족합니다. 그래서 메이저리그 경험이

풍부한 제임스 윤에게서 조언을 듣고 싶습니다."

박건이 용건을 밝히자, 제임스 윤이 흐릿한 미소를 머금은 채 대답했다.

"저는 해태 눈깔을 단 야알못 스카우트 팀장일 뿐입니다."

"그렇게 제임스를 비난하는 사람들이 해태 눈깔을 달고 있는 거죠. 저는 제임스의 능력을 높이 사고 있습니다."

"아쉽네요."

제임스 윤이 불쑥 말했다.

"왜 아쉽다는 겁니까?"

박건이 묻자, 제임스 윤이 대답했다.

"어렵게 확보한 내 편을 멀리 떠나보내야 하니까요."

"그건······."

"그리고 박건 선수가 뉴욕 메츠 소속 선수가 된다는 것도 아쉽습니다."

박건이 표정을 굳혔다.

"왜 하필 뉴욕 메츠야?"

포스팅에 최고 입찰액을 써낸 구단이 뉴욕 메츠임을 알게 됐을 때, 이용운에게서 돌아왔던 반응이었다.

그리고 제임스 윤의 반응도 흡사했다.

그 역시 박건을 영입하기 위해서 최고 입찰액을 써낸 메이저 리그 구단이 뉴욕 메츠인 것에 아쉬움을 드러냈다.

이용운과 제임스 윤.

각 분야에서 둘째가라면 서러울 정도로 전문가들이었다.

그들이 동시에 박건이 메이저리그에서 뛰게 될 팀이 뉴욕 메츠로 결정된 것에 우려를 표하고 있었다.

비로소 박건이 사안의 심각성을 깨달았을 때, 이용운이 지시했다.

"후배에게 입찰했던 구단 정보를 물어봐."

그 지시를 들은 박건이 슬쩍 눈살을 찌푸렸다.

순서가 마음에 들지 않았기 때문이었다.

'내가 뉴욕 메츠에서 뛰게 된 것에 아쉬움을 표한 이유에 대해서 물어보는 게 우선이 아닐까?'

박건의 생각이 거기까지 미쳤을 때였다.

"그 이유는 내가 알려줄 테니까 일단 내 지시를 따라라."

박건의 속내를 읽은 이용운이 재촉했다.

더 버티지 못하고 박건이 제임스 윤을 응시하며 물었다.

"뉴욕 메츠를 포함해서 몇 개 구단이 입찰에 참여했습니까?"

"그건… 저도 모릅니다. 포스팅에 참여한 구단들 가운데 가장 높은 입찰 금액을 적어 낸 구단과 입찰액만 KBO에서 구단으로 통보한다는 규정에 대해서는 박건 선수도 잘 알고 있지 않습니까?"

"물론 알고 있습니다."

"그런데 왜……?"

"그래서 제임스에게 질문한 겁니다."

"……?"

"제임스는 마음만 먹는다면 알아낼 수 있으니까요."

청우 로열스 스카우트 팀장으로 일하기 전까지 제임스 윤은 메이저리그 구단에서 오랫동안 스카우터로 일했다.

그래서 메이저리그 구단 스카우터들과 친분이 있었고, 정보도 빠르게 캐치할 수 있었다.

"그게 왜 궁금합니까? 본인이 얼마나 인기가 있는지 확인하고 싶은 겁니까?"

"그건 아닙니다."

"그럼 대체 이유가 뭡니까?"

박건이 대답했다.

"협상전략을 수립하기 위해서입니다."

"뉴욕 메츠는 훌륭한 팀입니다. 능력 있는 단장과 감독, 그리고 경쟁력을 갖춘 선수단 구성까지. 삼박자를 고루 갖추고 있기 때문에 다음 시즌 지구 우승은 물론이고, 월드시리즈 우승까지 내심 노리고 있죠. 그렇지만 뉴욕 메츠가 좋은 팀이라는 것이 제 입장에서는 불안 요소입니다."

박건이 말을 마친 순간, 제임스 윤이 흥미를 드러내며 물었다.

"박건 선수가 불안함을 느끼는 이유, 그게 다입니까?"

"하나 더 있습니다."

"무엇이죠?"

"단장과 감독이 불협화음을 내고 있다는 점입니다."

"뉴욕 메츠 구단의 단장과 감독이 불협화음을 내는 것에 박건 선수가 불안감을 느낀 이유는 무엇인가요?"

"메이저리그는 KBO 리그와 달리 단장의 입김이 감독보다 더 세다고 알려져 있습니다. 그리고 제 영입을 적극적으로 추진한 것도 뉴욕 메츠 구단의 단장으로 알고 있습니다."

"그럼 오히려 불안해할 필요가 없는 것 아닌가요? 입김이 센 단장이 박건 선수의 영입을 주도했으니까요."

"원래라면 그렇습니다. 그러나 아까도 말했듯이 뉴욕 메츠의 미겔 카브레라 감독은 소신과 주장이 뚜렷한 편입니다. 그래서 지난 시즌 중에도 단장인 잭 니퍼트와 충돌했었죠."

"그건 또 어떻게 알았습니까?"

"기사를 봤습니다."

'그 사건이 한국에도 소개가 됐었나?'

제임스 윤이 고개를 갸웃했다.

뉴욕 메츠는 명문 구단이었지만, 한국 팬은 많지 않았다.

그래서 뉴욕 메츠와 관련된 기사는 거의 본 적이 없었다.

그런데 박건이 그 기사를 봤다는 것이 의외였다.

그때, 박건이 말을 이었다.

"일단 서로 화해한 것처럼 보이지만 잭 니퍼트 단장과 미겔 카브레라 감독 사이에 감정의 골은 메워지지 않고 여전히 깊습니다. 그리고 어떤 계기가 생긴다면 그 감정의 골로 인해 다시 충돌할 확률이 높습니다."

"그래서요?"

"저는 잭 니퍼트 단장이 팀을 떠나는 것을 걱정하고 있습니다, 만약 그가 모종의 이유로 단장직을 사임한다면 저는 낙동강 오리알 신세가 되니까요."

제임스 윤이 꼬고 있던 다리를 풀며 자세를 고쳐 앉았다.

"박건 선수는 사람을 놀래키는 재주가 있네요."

박건이란 선수를 처음 봤을 때 제임스 윤은 무척이나 놀랐었다.

그 이유는 완벽에 가까운 스윙과 엄청난 운동신경을 갖춘 선수가 1군이 아닌 2군에서 뛰고 있었기 때문이었다.

해서 망설이지 않고 박건의 영입을 밀어붙였었고, 박건은 그 후에도 여러 차례 제임스 윤을 놀라게 만들었다.

영입 당시 기대했던 것보다 훨씬 더 대단한 활약을 펼친 것이 놀라웠고, 젊은 선수임에도 불구하고 마치 노련한 백전노장처럼 야구를 잘 알고 하는 것도 놀라웠다.

그리고 방금 제임스 윤은 박건으로 인해 또 한 번 놀랐다.

포스팅 시스템의 결과가 나온 것.

불과 며칠 전이었다.

그리고 박건은 메이저리그 진출을 노리고 있다는 의사를 밝혔지만, 그의 메이저리그 진출 여부는 불확실했다.

청우 로열스의 통합 우승과 250만 달러 이상의 포스팅 입찰액.

메이저리그 진출을 위한 필요조건들이 워낙 까다로웠기 때문이었다.

솔직히 말하면 제임스 윤도 박건이 필요조건들을 다 만족시키며 메이저리그 진출을 하는 것에 회의적이었다.

그래서 박건도 따로 준비를 하지 않았을 거라 예상했는데, 그 예상은 빗나갔다.

박건은 메이저리그 구단인 뉴욕 메츠의 과거와 현재 상황에 대해서 정확하게 꿰뚫고 있었다.

"방출이라는 최악의 상황까지 가정하고 있습니까?"

"네."

"만약 그 일이 벌어진다면 캡틴이 좋아하겠네요. 박건 선수가 이른 시점에 다시 청우 로열스로 돌아올 테니까요."

제임스 윤이 농담을 건넸지만, 박건은 웃지 않았다.

"그럴 일은 없을 겁니다."

"……?"

"칼을 잡았으면 무라도 베야죠. 저는 메이저리그에서 성공할 겁니다. 그래서 제임스 윤의 도움이 필요합니다."

"박건 선수의 포스팅에 입찰한 구단의 수를 알고 난 후, 협상전략에 변화를 가져갈 거란 뜻이로군요."

"맞습니다."

지체 없이 대답하는 박건에게 제임스 윤이 새삼스런 시선을 던졌다.

필요조건들을 모두 채우고 메이저리그 진출이 가시화된 것이 불과 며칠 전이었다.

보통의 선수들이라면 꿈에 그리던 메이저리거가 될 거란 기대에 들떠서 아까운 시간을 허비할 터였다.

그렇지만 박건은 달랐다.

뉴욕 메츠와 협상에 임하기도 전에 이미 최악의 상황까지 가정하며 협상전략을 수립할 준비를 하고 있었다.

'왠지… 성공할 것 같다.'

박건의 선수로서의 능력을 가장 가까이서 지켜보았기에 메이저리그에서도 성공할 가능성이 있다고 판단하고 있었다.

그렇지만 오늘 대화를 나눈 후 제임스 윤의 생각은 조금 바뀌었다.

어쩌면 자신의 예상보다 박건이 더 빨리 더 큰 성공을 거둘 수도 있다는 쪽으로.

"보고 싶다."

제임스 윤이 부지불식간에 입을 뗐다.

"네?"

박건이 당황하는 것을 확인하고서야 제임스 윤은 자신의 실수를 알아챘다.

"박건 선수가 메이저리그에 진출해 얼마나 대단한 활약을 펼칠지 보고 싶다는 뜻이었습니다. 그래서 박건 선수를 돕기로 했습니다."

"감사합니다."

"몇 개 구단이 포스팅에 입찰했는지만 알아내면 됩니까?"

"하나 더 필요한 게 있습니다."

"뭡니까?"

"포스팅에 참여했던 구단들이 써낸 입찰 금액도 알아봐 주십시오."

그 대답을 들은 제임스 윤이 난색을 표했다.

입찰 금액을 알아내는 것은 훨씬 더 어려웠기 때문이었다.

"입찰 금액까지 알아내려는 이유가 뭡니까?"

그래서 질문을 던지자 박건이 대답했다.

"저를 얼마나 원하고 있는지 확인하기 위함입니다."

제6장

"데이비드 최입니다."

회색 정장을 입은 남자가 은테 안경을 추켜올린 후 이름을 밝혔다.

그가 내민 손을 확인한 박건이 자리에서 일어나며 맞잡았다.

"처음 뵙겠습니다. 박건입니다."

가볍게 악수를 나눈 후 자리에 앉자마자 데이비드 최가 입을 뗐다.

"우선 저를 협상 대리인으로 선택해 주셔서 감사합니다. 계약서를 작성하기 전에 한 가지 질문을 드려도 될까요?"

"질문하시죠."

"왜 하필 저를 선택하셨습니까?"

"능력이 뛰어나다고 판단했기 때문입니다."

박건이 바로 대답했지만, 데이비드 최는 만족한 기색이 아니었다.

"아시겠지만 제가 세운 플래닝 에이전시는 설립된 지 얼마 지나지 않았습니다. 타 에이전시에 비해서 계약을 맺고 있는 선수들의 수도 적은 편이고 인지도도 낮은 편입니다. 그런데 왜……?"

"앤서니 쉴즈 때문입니다."

박건이 데이비드 최의 이야기를 도중에 자르며 앤서니 쉴즈의 이름을 꺼냈다.

"앤서니 쉴즈에게 계약조건을 들었습니다. 그래서 당신의 능력이 뛰어나다는 것을 확신하게 됐습니다."

"무슨 말씀이신지?"

"사기 계약이나 마찬가지였거든요."

"사기 계약… 이요?"

데이비드 최가 영문을 모르겠다는 표정을 짓고 있는 것을 확인한 박건이 덧붙였다.

"제가 판단하는 앤서니 쉴즈의 적정 연봉은 15만 달러였습니다. 그런데 당신은 수완을 발휘해서 몇 배가 넘는 연봉을 받아냈죠. 이 정도면 사기 계약이라고 불러도 무리가 아닐 것 같은데요."

"제 생각은 다릅니다."

"어떻게 다르죠?"

"앤서니 쉴즈는 연봉에 걸맞는 활약을 했다고 생각합니다."

데이비드 최가 대답을 마친 순간, 이용운이 기다렸다는 듯이 끼어들었다.

"뻔뻔하구나."

박건도 같은 생각을 했을 때였다.

"역시 잘 선택했다."

이용운이 덧붙였다.

'왜 잘 선택했다는 거지?'

박건이 의문을 품었을 때였다.

"에이전트는 뻔뻔해야 해. 그리고 어떤 순간에도 자신과 계약을 맺은 선수의 편에 서야 해. 데이비드 최는 그 두 가지 덕목을 모두 갖추고 있잖아."

일리가 있다는 생각이 들어서 박건이 고개를 끄덕이며 물었다.

"앤서니 쉴즈가 저에 대해 무슨 말을 했습니까?"

"메이저리그를 씹어 먹을 선수다. 그러니 무조건 계약하라고 하더군요."

데이비드 최에게서 돌아온 대답을 들은 이용운이 앤서니 쉴즈를 처음으로 칭찬했다.

"야구는 못해도 립 서비스는 확실하게 했구나."

그때, 데이비드 최가 다시 입을 뗐다.

"그렇지만 저는 생각이 다릅니다."

*   *   *

"어떻게 생각이 다릅니까?"

박건이 질문하자, 데이비드 최가 대답했다.

"메이저리그를 씹어 먹을 수준은 아니고, 메이저리그에서 통할 수준이다. 이게 제 생각입니다."

"그렇게 판단한 이유는요?"

"박건 선수에 대해 나름대로 분석을 했습니다. 그리고 이 분석은 저 혼자 한 것이 아닙니다. 선수 분석 전문가들을 초빙해서 철저하게 분석을 한 결과 그런 결론이 도출됐습니다."

"메이저리그에서 통할 수준은 된다?"

박건이 희미한 미소를 머금었다.

데이비드 최가 내놓은 결론이 마음에 들었기 때문이었다.

'올 시즌이 시작될 때만 해도 2군에서 뛰었던 것을 감안하면 정말 많이 변했구나.'

상전벽해(桑田碧海)라는 사자성어가 딱 어울릴 정도로 큰 변화가 있었던 셈이었다.

그때, 데이비드 최가 다시 입을 뗐다.

"그렇지만 낙관만 할 수는 없습니다. 새로운 리그에 뛰어들면 여러 변수들이 발생하는 법이니까요. 그래서 협상전략이 중요합니다."

"혹시 염두에 두고 있는 협상전략이 있습니까?"

"물론 있습니다."

"들어볼 수 있을까요?"

"3년 총액 500만 달러 수준입니다."

데이비드 최의 대답을 들은 박건이 깜짝 놀랐다.

막연히 짐작했던 것보다 금액이 많았기 때문이다.

해서 박건의 말문이 막혔을 때, 데이비드 최가 조심스럽게 물었다.

"기대치에 미치지 못합니까?"

"아닙니다."

박건이 서둘러 대답했다.

한화로 환산하면 3년 60억 수준의 계약조건이었다.

'만약 청우 로열스에 남았다면?'

내년 시즌 박건의 연봉은 억대에 진입할 것이었다. 그리고 한 시즌이 더 흘러 FA 조건을 충족한다면, 3년 30억 수준의 계약을 체결했을 것이었다.

송이현 단장이 직접 언급했던 액수인 만큼, 크게 다르지 않을 터.

단순 계산만으로도 최소 두 배 이상이었다.

그리고 뉴욕 메츠가 박건을 영입하기 위해서 지불하는 것은 500만 달러가 전부가 아니었다.

포스팅 입찰 금액인 301만 달러도 지불해야 했다.

즉, 박건을 영입하기 위해서 뉴욕 메츠는 약 100억 가까이 쓰는 셈이었다.

'내게 100억의 가치가 있다?'

프로선수의 가치는 결국 연봉으로 환산된다.

그리고 자신의 가치가 100억까지 치솟았다는 사실이 박건을 들뜨게 만들었을 때였다.

"협상전략을 수정하자고 건의해."

이용운이 불쑥 말했다.

"왜요?"

"너무 적다."

"연봉이 너무 적다는 겁니까?"

"그래."

박건이 속으로 혀를 내두르며 물었다.

"그럼 선배님이 생각하시는 액수는 얼마입니까?"

이용운이 대답했다.

"최소 천만 달러."

           *   *   *

"화장실에 간다고 해."

이용운이 지시했다.

"화장실에 잠시 다녀오겠습니다."

"알겠습니다."

지시대로 화장실로 향하던 박건이 불만을 드러냈다.

"갑자기 왜 화장실에 가라고 하신 겁니까?"

"첫인상은 무척 중요하다. 즉, 데이비드 최에게 책잡히면 불리하단 뜻이다."

"제가 무슨 실수라도 했습니까?"

"말이 너무 많다."

박건이 억울한 표정을 지었다. 그리고 이용운은 박건이 억울하단 반응을 보이는 이유를 짐작할 수 있었다.

처음 만난 후 대부분의 이야기를 데이비드 최가 했고 박건은 몇 마디 하지 않았기 때문이었다.

"혼잣말이 너무 많단 뜻이다."

이용운이 부연을 더했다.

"혼잣말… 이요?"

"데이비드 최는 잠시도 후배에게서 눈을 떼지 않았다. 그리고 후배는 나와 얘기를 계속하고 있었지. 지금까지는 들키지 않았지만 더 대화가 길어지면 데이비드 최가 눈치채고 이상하다고 생각할 우려가 들었다."

비로소 이해했다는 표정을 짓는 박건에게 이용운이 덧붙였다.

"그래서 우리끼리 먼저 의견을 통일할 필요가 있다고 판단한 거지."

"무슨 말씀인지 알겠습니다. 그런데……."

"그런데 뭐냐?"

"의견 통일이 될까요?"

박건이 우려 섞인 목소리로 물었다.

"후배는 뭘 걱정하는 거지?"

"당연히 연봉이죠."

"천만 달러는 너무 많다?"

"당연하죠."

박건이 지체 없이 대답한 순간, 이용운이 다시 물었다.

"그럼 후배는 어느 정도의 연봉을 생각하고 있지?"

"데이비드 최가 제시한 액수에 만족합니다."

"20억이면 만족한단 뜻이로군."

아까 데이비드 최가 언급한 계약조건은 3년 총액 500만 달러 수준이었다.

한화로 환산하면 1년 20억 수준의 연봉이었다.

잠시 후, 이용운이 고개를 갸웃하며 말했다.

"후배는 알다가도 모르겠군."

"무슨 뜻입니까?"

"돈 욕심이 엄청 많은 것 같은데 또 어떨 때 보면 돈 욕심이 별로 없는 것 같아서 한 말이야."

"주제를 아는 거죠."

"주제를 안다?"

"현실감각이 있다고 표현하면 되겠네요. 딱 까놓고 말해서 잭 니퍼트 단장이 미치지 않고서야 제게 연봉을 천만 달러나 주겠습니까?"

박건이 따지듯 묻자, 이용운이 반박했다.

"후배는 주제를 모른다."

'이거 욕이야? 칭찬이야?'

욕인지 칭찬인지 고민하고 있을 때, 이용운이 덧붙였다.

"현실감각도 떨어지고."

'욕이다.'

이용운이 덧붙인 이야기를 듣고 칭찬이 아니라 욕이라고 판단했을 때였다.

"단년 계약을 맺자."

"단년… 계약이요?"

"그래. 그게 몸값을 올릴 수 있는 최선의 방법이다."

이용운이 주장했다.

"1년 150만 달러 수준이면 나쁘지 않을 것 같다."

잠시 후, 이용운이 덧붙인 이야기를 들은 박건이 슬쩍 눈살을 찌푸렸다.

일단 아까 이용운이 이야기했던 연봉 천만 달러와는 엄청난 괴리가 있는 액수였기 때문이었다.

그리고 하나 더, 단년 계약은 위험했다.

박건이 메이저리그 진출 첫해, 부진한 모습을 보인다면 쉽게 소속 팀에서 방출될 수 있었기 때문이었다.

'3년 계약이 더 유리하지 않나?'

그래서 박건이 생각한 순간, 이용운이 다시 말했다.

"단년 계약을 맺어야만 메이저리그에 진출한 첫해에 좋은 활약을 하면 천만 달러 이상의 연봉을 확보할 수 있다."

＊　　　　　＊　　　　　＊

"1년 150만 달러 수준의 계약을 원합니다."

격론 끝에 이용운과 합의를 본 박건이 입을 뗐다.

그 이야기를 들은 데이비드 최는 당황한 기색을 드러냈다.

아까 그는 3년 총액 500만 달러 수준의 계약을 따낼 자신이 있다고 밝혔다. 그리고 박건 역시 그 계약 수준에 만족을 표했었다.

그런데 화장실에 다녀온 후 갑자기 박건의 생각이 바뀌어서 단년 계약을 요구하니 당황한 것이었다.

"왜 갑자기 생각이 바뀌신 겁니까?"

예상대로 데이비드 최는 박건의 생각이 갑자기 바뀐 이유에
대해서 물었다.

"자신이 있습니다."

"무슨 자신이요?"

"메이저리그에 진출해서도 좋을 활약을 펼칠 자신 말입니다.
그런데 3년 계약을 맺으면 첫해에 제가 대단한 활약을 펼쳐도
연봉이 오르지 않습니다."

"그렇긴 하지만……."

데이비드 최는 불안한 표정으로 말을 이었다.

"박건 선수의 자신감은 저도 높이 평가하는 바입니다. 그렇지
만 새로운 리그에 적응하는 것은 결코 쉽지 않습니다. 적응 과정
에서 시간이 많이 걸릴 가능성이 높습니다. 그 점을 감안한다면
안전하게 다년 계약을 추진하는 편이 위험 부담을 덜 수 있습니
다."

그의 말은 틀리지 않았다.

불과 조금 전까지만 해도 박건 역시 데이비드 최와 의견이 같
았다.

그렇지만 박건은 자신의 주장을 굽히지 않았다.

"위험 부담을 감수하겠습니다."

"진심… 이십니까?"

"그렇습니다."

박건이 단호하게 대답하자, 데이비드 최가 한숨을 내쉬었다.

"박건 선수는 아직 젊습니다. 그리고 3년은 그리 긴 시간이 아
닙니다. 박건 선수가 좋은 활약을 펼친 후, 3년 뒤에 재계약 협

상을 한다고 해도 충분히 가치를 인정받는 좋은 조건으로 계약할 수 있습니다. 그런데 왜 이렇게 서두르시는 겁니까?"

"그럴 만한 이유가 있습니다."

"어떤 이유죠?"

"그건 밝힐 수 없습니다."

박건이 대답을 피했다.

영혼의 파트너인 이용운의 존재는 데이비드 최에게 털어놓을 수 없는 비밀이었기 때문이었다.

"한 치 앞도 모르는 게 사람 인생이다. 하물며 귀신 인생이야 더 불확실하지. 당장 내일 승천한다 해도 전혀 이상한 일이 아니다."

박건이 서두르는 이유는 이용운이 떠나는 것을 염려해서였다.

그렇지만 데이비드 최는 순순히 물러나지 않았다.

"저는 이유를 들어야겠습니다."

그가 고집을 피우는 것을 확인한 박건이 다시 입을 뗐다.

"잭 니퍼트 단장 때문입니다."

"잭 니퍼트 단장이 이유다? 좀 더 자세히 설명해 주시죠?"

박건이 덧붙였다.

"잭 니퍼트 단장이 불안합니다."

*　　　*　　　*

"잭 니퍼트 단장의 건강 이상설이 있습니다."

박건이 말을 마친 순간, 데이비드 최가 자세를 고쳐 앉았다.

"금시초문입니다."

그가 당황하는 것을 살피던 박건이 쓴웃음을 머금었다.

데이비드 최는 에이전트.

그들의 최고 관심사 가운데 하나가 선수 영입을 결정하는 메이저리그 구단 단장들과 스카우터들의 동향을 파악하는 것이었다.

그럼에도 불구하고 데이비드 최는 잭 니퍼트 단장의 건강 이상설에 대한 이야기를 전혀 들어본 적 없다고 밝혔다.

'나도 오늘 처음 들었으니까.'

박건이 잭 니퍼트 단장의 건강 이상설을 알게 된 경로는 기사나 정통한 소식통을 통해서가 아니었다.

이용운의 일방적인 주장이었다.

"어디가 안 좋습니까? 중병이라도 걸린 겁니까?"

자세를 고쳐 앉은 데이비드 최가 질문 세례를 쏟아냈다. 그렇지만 박건은 그 질문들에 대한 답을 해주지 않았다.

"그건 데이비드 최가 알아내야죠."

"네?"

"에이전트의 업무이니까요."

박건의 지적을 받은 데이비드 최는 반박하는 대신 수긍했다.

"박건 선수의 말이 맞습니다. 그걸 알아내는 건 제 임무입니다. 그럼 다시 본론으로 돌아가 보죠. 박건 선수의 영입을 주도한 뉴욕 메츠 잭 니퍼트 단장이 건강 문제로 단장직에서 물러날 가능성이 있다. 그리고 그때는 박건 선수가 가진 바 실력을 발휘하기에 공평한 기회가 돌아오지 않을 수도 있다는 점을 우려하기 때문에 다년 계약이 아닌 단년 계약을 추진하고 싶다. 이게 맞습니까?"

"그렇습니다."

"박건 선수가 원하는 계약조건은 1년 150만 달러 수준이다. 이것도 맞습니까?"

"네."

박건이 순순히 대답하자, 데이비드 최가 난색을 표했다.

"150만 달러 수준의 계약은 힘들 것 같습니다."

"이유는요?"

"뉴욕 메츠 측의 위험 부담이 너무 크니까요."

박건을 영입하기 위해서 뉴욕 메츠는 이미 포스팅 금액으로 301만 달러를 지불했다.

그런데 단년 계약을 맺었다가 박건이 적응에 실패하면 301만 달러를 고스란히 허공에 날리는 셈이었다.

어쩔 수 없이 단년 계약을 맺어야 한다면 뉴욕 메츠 측에서는 위험 부담을 최소화하기 위해서 연봉을 축소할 확률이 높다는 것이 데이비드 최의 주장이었다.

"어느 정도까지 가능할까요?"

"1년 100만 달러까지는 가능할 것 같습니다."

잠시 후 데이비드 최가 대답하는 것을 들은 박건이 고개를 끄덕이며 입을 뗐다.

"1년 70만 달러로 하시죠."

                        *   *   *

"1년 70만 달러라고 하신 게… 맞습니까?"

데이비드 최가 놀란 표정으로 되물었다.

단돈 1원이라도 더 많은 연봉을 받아내려는 것이 일반적이었
다.

그런데 박건은 오히려 연봉을 더 줄이려고 하니 당황했으리
라.

"맞습니다."

"대체 왜요?"

예상대로 데이비드 최는 이해가 가지 않는다는 표정으로 이
유를 물었다. 그리고 박건이 이런 결단을 내린 것은 이용운의 충
고 때문이었다.

"푼돈이다. 아까워하지 마라."

30만 달러.

박건의 입장에서는 무척 큰 금액이었다. 그렇지만 이용운은
푼돈이라고 말하며 집착하지 말라고 했다.

대신 그는 다른 것을 얻어내라고 조언했다.

"30만 달러를 포기하는 대신, 두 가지 조건을 얻고 싶습니다."

"어떤 조건입니까?"

"우선 뉴욕 메츠에서 방출될 경우, 조건 없이 어느 팀에서나

뛸 수 있다는 약속을 얻어내 주십시오."

박건이 원한 조건이 예상치 못했던 것이기 때문일까.

놀란 표정을 짓던 데이비드 최가 한참 만에 물었다.

"KBO 리그 복귀를 염두에 두고 있는 겁니까?"

그 질문을 던지는 데이비드 최의 표정에는 실망이 깃들어 있
었다.

마음가짐, 흔히 각오라고 부르는 것은 중요했다.

'메이저리그에 뼈를 묻겠다.'

이런 각오를 갖고 한국 선수가 메이저리그에 도전해도 여러
변수들이나 현격한 실력 차로 인해 실패하는 경우가 다반사였
다.

그런데 박건은 도전을 본격적으로 시작하기도 전에 KBO 리
그 복귀를 염두에 둔 듯한 조건을 요구했다.

그것이 데이비드 최가 실망한 이유였으리라.

'싹수가 노랗다.'

비록 입 밖으로 내뱉진 않았지만, 데이비드 최는 마음속으로
이런 생각을 품고 있을 가능성이 높았다.

그렇지만 데이비드 최는 오해하고 있었다.

박건이 이런 조건을 원한 이유.

KBO 리그 복귀를 염두에 두어서가 아니었다.

잭 니퍼트 단장의 낙마로 인해 낙동강 오리알 신세가 될 경우,
메이저리그 타 구단으로 이적하는 것을 염두에 두고 있었기 때
문이었다.

"그건 아닙니다."

"그럼?"

"안전장치를 마련해 두려는 겁니다."

박건이 대답했지만, 데이비드 최는 순순히 믿는 기색이 아니었다.

그런 그의 오해를 풀기 위해서 노력하는 대신 박건은 다음 조건을 꺼냈다.

"또 하나는 전송권입니다."

"전송권이요?"

"제 경기 영상과 사진을 개인 방송에 사용할 수 있는 권리를 원합니다."

이것 역시 예상치 못했던 요구 조건이기 때문일까.

데이비드 최는 당황한 기색을 드러냈다.

그리고 당황한 것은 이용운도 마찬가지였다.

"그걸 왜 요구해?"

데이비드 최의 날카로운 이목을 의식해서 그의 앞에서 가능한 대화를 자제하기로 합의를 본 후였다.

그렇지만 그 합의를 깨고 박건에게 질문을 던졌을 정도로 이용운은 놀란 기색이 역력했다.

"계속해야죠."

"뭘… 계속하자는 거냐?"

"독한 야구 말입니다."

"……?"

"이대로 끝내기에는 아쉽지 않습니까?"

박건이 웃으며 대답한 순간, 이용운이 물었다.

"날 위해서… 이러는 거냐?"

"아닙니다."

"아니라고?"

"저를 위해서이기도 합니다. 수익배분 하기로 하셨잖습니까?"

"하지만……."

"물론 팟 캐스트 방송 '독한 야구'는 돈이 안 됐습니다. 그렇지만 이번엔 다를 수도 있지 않겠습니까?"

"다를 수도 있다?"

"새 시장으로 도전하니까요."

"새 시장이라니?"

이용운의 질문을 받은 박건이 대답했다.

"저와 손잡고 너튜브로 진출하시죠."

라디오의 시대가 끝난 것은 TV가 등장하면서부터였다.

팟 캐스트의 상황도 엇비슷했다.

영상도 함께 제공하는 개인 방송이 득세하면서 팟 캐스트의 시대는 조용히 막을 내리고 있는 중이었다.

989명.

팟 캐스트 방송 '독한 야구'의 최종 청취자 수였다.

이용운의 기대에 한참 미치지 못하는 숫자.

'독한 야구'가 워낙 매니아 위주의 방송인 탓도 있었지만, 팟 캐스트 방송이 쇠락한 것도 원인이었다.

그래서 박건이 망설임 없이 수익배분을 포기했을 정도로 '독한 야구'를 통해 거둬들인 수익은 적었다.

물론 팟 캐스트 방송 '독한 야구'가 가진 의미를 단순히 청취자 수와 수익만으로 폄하할 수 없었다.

'독한 야구'는 가장 중요한 청취자인 송이현 단장의 마음을 얻는 데 성공한 덕분에 청우 로열스의 통합 우승에 결정적인 기여를 했기 때문이었다.

"너튜브 개인 방송으로 고수익을 거두는 BJ들이 많다는 것은 알고 계시죠?"

박건의 질문을 받은 이용운이 고개를 끄덕였다.

구독자 수가 많은 인기 BJ들의 수익이 엄청나다는 내용은 기사를 통해 이미 접했기 때문이었다.

"이번엔 꼭 성공해서 수익배분 하시죠."

박건이 덧붙인 이야기를 들은 이용운의 입가로 미소가 번졌다.

'이렇게 끝내야 하나?'

'독한 야구'를 떠올릴 때마다 아쉬움이 깃들었다. 그리고 박건은 그런 자신의 속내를 읽고 있었다.

그래서 이런 조건을 데이비드 최에게 내세운 것이었고.

그때, 박건이 다시 물었다.

"왜 아무 대답이 없으세요? 혹시 자신 없으세요?"

"자신은… 당연히 있다."

해설가로 활동하던 당시 이용운은 메이저리그 중계를 해본 적이 없었다.

어떤 의미에서는 박건처럼 새로운 리그에 도전하는 셈이었다.

그 도전을 앞두고 부담이 되기는 했지만, 설레는 마음이 더 컸다.

잠시 후, 이용운이 다부진 각오를 밝혔다.

"이번엔 기필코 대박을 내겠다."

*   *   *

〈메이저리그에 도전하는 박건, 과연 그의 도전은 해피 엔딩으로 끝날 수 있을까?〉

뉴욕 메츠와 계약을 맺고 메이저리그에 도전하는 박건의 기사에는 적지 않은 댓글들이 달렸다.

—기대치가 1도 없음.

—앞으로 한국 선수들의 메이저리그 진출 길이 막힐까 봐 벌써부터 걱정임.

—메이저리그 문턱도 못 밟고 돌아올 거다.

—박건이 메이저리그에서 성공하면 내 손에 장을 지지겠다.

찰칵.

휴대전화로 댓글들을 확인하던 박건이 화면캡처를 하자, 이용운이 물었다.

"왜 캡처를 하는 거냐? 악플러들 고소라도 하려고?"

"아시잖습니까?"

"뭘 알아?"

"제가 그 정도로 부지런하지 않다는 것이요. 또, 고소까지 할 정도로 옹졸하지도 않다는 것도요."

"그랬었나?"

이용운이 딴청을 피웠지만, 박건은 더 상대하는 대신 입을 다물었다.

'말싸움해 봐야 손해다.'

이용운과 영혼의 파트너가 된 후 박건은 수없이 언쟁을 벌였다.

그 언쟁의 승자는 대부분 이용운이었다.

해설위원인 그의 말발을 따라가기는 역부족이었기 때문이었다.

그래서 박건이 찾아낸 방법이 그와의 언쟁을 가능하면 피하는 것이었다.

"고소를 할 것도 아닌데 왜 캡처를 한 거냐?"

잠시 후, 이용운이 다시 물었다.

"나중에 쓸 데가 있어서요."

"응?"

"메이저리그에서 성공하고 난 후에 손에 장 지진다는 네티즌을 찾아갈 겁니다. 그래서 장 지지게 만들려고요."

"후배도 참……."

"팬 서비스가 뛰어나죠? 제가 찾아가면 얼마나 놀라겠습니까?"

박건이 씩 웃으며 말했을 때, 기자들이 다가왔다.

'예상과는… 다르네.'

수많은 기자들이 공항에 몰려와 있고, 그들이 쉬지 않고 눌러대는 카메라 셔터와 플래시 세례로 인해 눈도 제대로 뜨기 힘든 장면을 기대했는데.

기대와 현실은 달랐다.

박건을 인터뷰하기 위해서 공항에 나와 있는 기자들의 수는 고작 서너 명에 불과했다.

'기대치가 없기 때문이지.'

뉴욕 메츠와 계약에 합의하면서 박건은 비관론을 보란 듯이 뒤집고 메이저리그 진출에 성공했다.

그렇지만 다년 계약이 아닌 단년 계약이었고, 계약 규모는 70만 달러에 불과했다.

또, 마이너 거부권도 없는 계약이었다.

그 계약조건이 공개된 후, 메이저리그 진출을 앞둔 박건에 대한 관심은 차갑게 식었다.

'메이저리그 도전에 실패하고 마이너리그를 전전하다가 곧 돌아올 선수.'

팬들은 물론이고 기자들도 이런 생각을 은연중에 갖고 있었기 때문이었다.

"메이저리그 도전을 앞두고 각오 한 말씀 부탁드립니다."

기자의 질문을 받은 박건이 쓴웃음을 머금었다.

'내가 어떤 대답을 한다 한들 부정적인 댓글들이 달리겠지.'

아까 캡처했던 기사에 달렸던 댓글들과 대동소이한 반응이 돌아올 거란 생각이 퍼뜩 들었기 때문이었다.

"뼈를 묻을 각오로 도전합니다."

잠시 후 박건이 각오를 밝히자, 기자가 흥미를 드러냈다.

"KBO 리그 복귀를 염두에 두고 있지 않다는 뜻입니까?"

"메이저리그에 진출해서 제가 만족하는 성적을 거두기 전에는 KBO 리그 복귀를 염두에 두고 있지 않습니다."

"박건 선수가 만족할 수 있는 성적은 무엇입니까?"

"월드시리즈 우승 반지입니다."

"네?"

"팀의 주역으로서 월드시리즈 우승을 차지해야 만족할 수 있을 것 같습니다."

"그럼 월드시리즈 우승 반지를 끼기 전에는 KBO 리그 복귀는 없다. 이렇게 기사 제목을 내보내도 될까요?"

'왜 이렇게 극단적이야?'

은테 안경 너머로 두 눈을 빛내고 있는 기자를 박건이 힐끗 째려보았다.

대중들의 흥미를 끌 수 있는 자극적인 기사 제목과 내용을 뽑아내기 위해 기자는 필사적이었다.

'어떻게 할까?'

박건이 바로 대답하지 않고 시간을 끌었다.

이용운의 조언이 있을 것을 기대했기 때문이었다.

그렇지만 기대와 달리 이용운은 조용했다.

더 버티지 못하고 박건이 숨을 크게 내쉰 후 대답했다.

"그렇습니다."

원하던 대답을 끌어냈기 때문일까.

아까 질문을 던졌던 기자가 반색하며 인터뷰를 끝냈다.

반면 박건은 표정을 굳혔다.

'자충수가… 아닐까?'

일단 대답을 꺼내긴 했지만, 문득 우려가 들었기 때문이었다.

그때, 이용운이 칭찬했다.

"잘했다."

쉽게 듣기 힘든 이용운의 칭찬을 들었음에도 불구하고, 박건은 웃지 못했다.

"정말 잘한 걸까요?"

"잘했다니까."

"하지만……."

"그 정도 각오는 있어야 메이저리그 도전에서 성공할 수 있다."

틀린 말은 아니었다.

그렇지만 박건이 여전히 불안한 표정을 짓고 있자, 이용운이 덧붙였다.

"말에는 힘이 있다. 그 말을 후배가 입 밖으로 내뱉은 이상, 그 말대로 될 가능성이 조금은 높아진 거지."

"그럼……."

"그럼 뭐냐?"

"월드시리즈 MVP도 입에 올릴 걸 그랬습니다."

박건이 말을 마친 순간, 이용운이 타박했다.

"또 앞서간다."

제7장

"쩝."

박건이 입맛을 다셨을 때, 이용운이 질문했다.

"이제 얼추 정리는 다 끝난 셈이지?"

"네, 거의 다 끝난 것 같습니다."

박건이 고개를 끄덕였다.

가장 마음에 걸렸던 어머니 문제는 송이현 단장의 배려 덕분에 해결됐다. 그리고 한창기 감독과 팀원들을 만나서 작별 인사까지 했으니 한국에서 할 일은 다 마쳤다고 대답했던 박건이 아차 하는 표정을 지었다.

"밥을 안 먹었네요."

잠시 후 박건이 빠뜨린 것을 말하자, 이용운이 타박했다.

"군대 가냐?"

"네?"

"미국에도 한국 식당 많다. 거기서 먹어도……."

"그게 아니라 채선경 아나운서와 밥 먹기로 했던 걸 깜박했습니다."

'너와 나, 우리의 야구'에 출연했을 당시, 박건은 포스팅 시스템을 통한 메이저리그 진출에 대해서 내기를 했었다.

뉴욕 메츠 구단에서 301만 달러를 입찰하면서 박건은 메이저리그 진출에 성공했고 결과적으로 내기의 승자가 됐다.

덕분에 박건은 채선경 아나운서에게 밥을 얻어먹을 기회를 얻었다.

그런데 워낙 경황이 없었던 탓에 그걸 깜박했던 것이었다.

"아껴둬라."

비로소 말뜻을 이해한 이용운이 말했다.

"예전에 내가 냉면 이야기했던 것 기억하지? 그때도 말했지만 계란은 아껴뒀다가 나중에 먹어야 더 맛있는……."

"그래서인가 봅니다."

면이 먼저냐? 계란이 먼저냐?

이용운에게서 냉면에 대한 강의를 다시 듣고 싶은 마음은 없었다.

해서 박건이 도중에 끼어들자, 이용운이 언짢은 목소리로 물었다.

"무슨 뜻이냐?"

"선배님께서 결혼을 못 하신 것 말입니다."

"응?"

"쇠뿔도 단김에 빼란 속담이 괜히 있는 게 아니죠. 연애를 할 때는 자꾸 뒤로 미루지 말고 기회가 찾아왔을 때 바로……."

"그만해라."

"왜 그만하라는 겁니까?"

"모태 솔로에게 연애에 대한 강의를 듣고 싶진 않다."

'쩝.'

박건이 재차 입맛을 다시며 입을 다물었다.

모태 솔로인 것은 부인할 수 없는 사실이었기 때문이었다.

그때 이용운이 다시 말했다.

"농담을 하는 걸 보니 별로 긴장되지는 않는 것 같구나."

"긴장이 되기보단 기대가 됩니다."

"생각이 없는 거야? 배짱이 좋은 거야?"

이용운이 슬쩍 비꼬았지만, 박건은 더 상대하는 대신 희미한 웃음을 머금었다

'나중에 기회가 있겠지.'

방송에서 한 약속이니 증인이 아주 많았다.

그러니 채선경 아나운서도 그 약속을 지키지 않을 수는 없을 터.

비시즌 기간에 다시 한국으로 돌아왔을 때 그녀에게 밥을 얻어먹으면 된다고 생각을 정리한 박건이 입을 뗐다.

"이제… 진짜 시작이네요."

출국을 앞두고 박건이 주변을 살폈다.

혹시나 하는 기대를 품었지만, 박건의 출국에 관심을 갖고 찾아온 기자들은 여전히 극소수였다.

"서운하냐?"

주변을 살피는 박건을 확인한 이용운이 물었다.

"조금 서운하긴 하지만… 괜찮습니다."

"두고 봐라. 돌아올 때는 상황이 확 달라질 것이다."

"어떻게 말입니까?"

"공항에 기자들이 쫙 깔려 있을 테니까."

출국 시간이 다가온 것을 확인한 박건이 캐리어를 밀면서 입을 뗐다.

"벌써 기대가 되네요."

*　　　　*　　　　*

40인 로스터에 포함된 박건은 뉴욕 메츠 포트 세인트 루시 스프링캠프에 합류를 앞두고 잭 니퍼트 단장과 면담을 가졌다.

한국 나이로 57세인 잭 니퍼트는 배에 튜브를 낀 것처럼 두툼한 뱃살을 자랑하듯 내밀며 박건과 악수했다.

"드디어 직접 만나게 됐군. 자네가 내 야심작일세."

잭 니퍼트는 박건에 대한 기대감을 감추려 들지 않았다.

그로 인해 박건의 입가로 웃음이 번졌을 때, 이용운이 충고했다.

"좋아할 것 없다. 립 서비스일 뿐이니까. 미국인들은 돈 안 드는 립 서비스에 능하다는 것을 잊지 마라."

그 충고를 듣고 입가에서 미소를 지운 박건이 입을 뗐다.

"제 가능성을 믿고 투자를 해주셔서 감사합니다."

"내 눈은 틀린 적이 없네. 자넨 분명히 성공할 거야."

콜라를 벌컥벌컥 마시며 잭 니퍼트가 다시 립 서비스를 했다.

'뱃살이 나온 이유가 있었네.'

그 모습을 지켜보던 박건이 속으로 생각했을 때였다.

"미국에 온 소감이 어떤가?"

잭 니퍼트가 소감을 물었다.

"아직 실감이 안 납니다."

"낯선 환경, 그리고 치열한 경쟁이 두렵지는 않나?"

"그게 두려웠다면 도전하지도 않았을 겁니다."

박건의 대답을 들은 잭 니퍼트가 껄껄 웃었다.

"스카우팅 리포트가 정확했군. 영어도 곧잘 하는 편이고, 자신감도 출중해."

만족스런 표정을 짓던 잭 니퍼트가 물었다.

"통역은 필요하지 않을 것 같은데, 자네 생각은 어떤가?"

"제 생각에도 필요하지 않을 것 같습니다."

"좋아, 그럼 내가 질문 몇 가지만 하겠네."

"하시죠."

"왜 다년 계약이 아니라 단년 계약을 선호했나? KBO 리그에 복귀할 것을 염두에 뒀기 때문인가?"

"그건 아닙니다."

"그럼 이유가 뭔가?"

"불안했습니다."

"불안했기 때문에 다년 계약이 아니라 단년 계약을 원했다? 이해가 안 가는군. 오히려 반대였어야 정상이 아닌가?"

잭 니퍼트가 잘 이해가 안 간다는 표정으로 다시 질문했다.

"제가 불안해하는 것은 공평한 기회가 주어지지 않는 것입니다. 그래서 제가 적응에 어려움을 겪거나 가진 바 기량을 발휘하지 못하는 것을 우려하는 것입니다."

"제대로 된 기회를 받지 못할까 봐 불안했다?"

"그렇습니다."

"괜한 걱정을 했군. 자네에 대한 기대가 무척 커. 내가 책임지고 자네에게 충분한 기회를 줄 거야."

잭 니퍼트가 호언장담했다.

그렇지만 박건은 반박했다.

"미겔 카브레라 감독님은 생각이 다르신 것 같습니다."

"그게 무슨 뜻인가?"

"난 박건이란 선수에 대해서 전혀 아는 바가 없다. 그리고 우리 팀 외야에는 이미 좋은 선수들이 많다. 포화 상태라고 해도 과언이 아니다. 미겔 카브레라 감독님께서 이렇게 인터뷰를 한 것을 봤습니다."

"그런 인터뷰를 했다고?"

금시초문일까.

잭 니퍼트가 못마땅한 기색을 드러낸 순간, 박건이 부탁했다.

"아까도 말씀드렸듯이 저는 공평한 기회를 원합니다. 단장님께서 제게 기회를 주셨으면 합니다."

* * *

"봤을 거야."

잭 니퍼트 단장과 면담을 마친 후, 이용운이 불쑥 말했다.

"뭘 봤다는 겁니까?"

"미겔 카브레라 감독이 한 인터뷰 말이야. 잭 니퍼트 단장도 봤을 거라고."

"네?"

"후배도 알겠지만 잭 니퍼트 단장과 미겔 카브레라 감독은 불협화음을 내면서 사이가 좋지 않아. 그래서 잭 니퍼트 단장도 미겔 카브레라 감독의 일거수일투족에 신경을 쓰면서 관심을 갖고 있지. 그런 그가 미겔 카브레라 감독이 한 언론 인터뷰를 보지 못했을까? 그럴 가능성은 낮아."

이용운이 단정하듯 잘라 말했다.

그 이야기를 들은 박건이 당황한 기색을 드러냈다.

"그럼 잭 니퍼트 단장이 연기를 했다는 겁니까?"

아까 박건이 마주했던 잭 니퍼트 단장은 전혀 그 이야기를 모르는 것처럼 반응하며 행동하고 있었다.

만약 그게 연기였다면, 직업 연기자로 나서도 좋을 정도였다.

"그랬을 가능성이 높지."

"긴장되네요."

"뭐가?"

"잭 니퍼트 단장이 무서워졌습니다."

박건이 솔직하게 말한 순간, 이용운이 덧붙였다.

"잭 니퍼트 단장이 진짜 몰랐을 가능성도 있다."

"하지만… 아까 분명히 잭 니퍼트 단장이 미겔 카브레라 감독의 언론 인터뷰를 확인했을 거라고 확신하셨잖습니까?"

"그렇게 말했지."

"그런데 왜……?"

"보긴 했지만… 기억을 못 할 수도 있지."

이용운이 의미심장한 목소리로 대답했다.

그 대답을 들은 박건이 고개를 갸웃했다.

"그건 또 무슨 말씀이십니까?"

"말 그대로다."

"건망증이 심하단 뜻입니까?"

"단순한 건망증이 아닐 확률이 높다."

"……?"

"내가 전에 잭 니퍼트 단장의 건강에 이상이 있을지도 모른다고 말했지?"

박건이 이내 기억을 떠올렸다.

에이전트인 데이비드 최와의 첫 대면 당시, 의견 합의를 보기 위해서 화장실에서 토론 도중 이용운이 꺼냈던 말이었다.

"아주 틀린 말씀은 아닌 것 같습니다."

잭 니퍼트 단장을 직접 만나고 난 후, 박건은 이용운의 의견에 동조했다.

고도비만에 가까울 정도로 비대한 몸을 통해서 그의 건강에 이상이 없다면 오히려 이상한 일이란 생각이 든 것이었다.

"머리다."

"네?"

"잭 니퍼트 단장은 머리에 이상이 있을 확률이 높다."

"그럼……?"

이용운이 덧붙였다.

"알츠하이머를 의심하고 있다."

*　　　　　　*　　　　　　*

알츠하이머는 치매를 일으키는 가장 흔한 퇴행성 뇌질환이었다.

발병 후 서서히 진행되어 기억력을 포함한 언어기능이나 판단력 등 다른 여러 인지기능에 이상을 동반하는 무서운 병이었다.

그리고 이용운은 잭 니퍼트 단장이 알츠하이머를 앓고 있는 게 아닐까 하는 의심을 하고 있었다.

'너무 선부른 결론이 아닐까?'

그렇지만 박건은 그 말을 순순히 믿기 어려웠다.

잭 니퍼트 단장과 직접 만난 것은 단 한 차례.

이용운은 해설위원이지 의사가 아니었다.

그 짧은 만남을 통해서 잭 니퍼트 단장이 알츠하이머를 앓고 있다고 진단하는 것은 무리였다.

그런 박건의 속내를 읽었을까?

"오늘 만남을 통해서 처음 의심한 것이 아니다."

이용운이 말했다.

"그럼 언제부터 의심한 겁니까?"

"후배의 포스팅에 가장 많은 금액을 입찰한 구단이 뉴욕 메츠라는 사실을 알고 난 후부터였다."

이용운에게서 지체 없이 대답이 돌아온 순간, 박건이 눈살을 찌푸렸다.

"잭 니퍼트 단장이 제정신이 아니었기 때문에 제 포스팅에서 가장 많은 금액을 입찰했단 뜻입니까?"

"후배의 포스팅에 가장 많은 금액을 입찰한 구단이 뉴욕 메츠라는 소식을 듣고 의아하단 생각을 했었다."

"왜입니까?"

"기존과 많이 달랐거든."

"……?"

"잭 니퍼트 단장의 구단 운영 기조는 무척 보수적이었다. 완벽하게 검증이 끝나지 않은 선수에게는 과감한 투자를 하지 않기로 유명했지."

"제가 검증이 되지 않았다는 뜻입니까?"

"후배의 기량을 폄하하는 것이 아니다. 엄밀히 말하면 후배가 활약했던 KBO 리그가 검증이 되지 않았던 거지. 후배도 알다시피 메이저리그 스카우터들이 바라보는 KBO 리그의 수준은 더블 A와 트리플 A 중간 정도로 알려져 있다. 그런 KBO 리그에서 후배가 준수한 활약을 펼쳤긴 했지만, 검증되지 않은 리그에서의 활약이었을 뿐이다. 평소 잭 니퍼트 단장의 성향에 대해서 알고 있기 때문에 301만 달러나 되는 포스팅 비용을 지불하는 과감한 투자를 할 것이라고는 예상치 못했던 것이지."

이용운의 설명을 듣고 수긍한 박건이 고개를 끄덕이며 물었다.

"그런데 왜 그렇게 과감한 투자를 했던 건가요?"

"알츠하이머는 단순히 기억력을 비롯한 인지능력의 변화에만 국한되지 않는다. 성격 변화와 판단 착오 등도 알츠하이머의 주요 증세 가운데 하나지. 그리고 이게 끝이 아니다."

"또 뭐가 남았습니까?"

"내가 잭 니퍼트 단장의 알츠하이머를 의심한 결정적인 계기는 따로 있다."

"뭡니까?"

"그가 했던 인터뷰 내용이다. 지난 시즌 뉴욕 메츠는 시즌 도중에 주전 유격수를 부상으로 잃었다. 그로 인해 뉴욕 메츠는 큰 위기에 처했지. 그때 백업 유격수인 폴 바셋이 경기에 투입된 후, 투타에서 준수한 활약을 펼쳤지. 그리고 폴 바셋을 비시즌 기간에 영입했던 것은 바로 잭 니퍼트 단장의 작품이었다. 덕분에 뉴욕 메츠는 주전 유격수의 부상 공백을 메우면서 위기를 넘길 수 있었고, 미국 언론들은 폴 바셋을 비시즌 기간에 영입했던 잭 니퍼트 단장의 혜안에 박수를 보냈지. 그런데 잭 니퍼트 단장이 미국 언론과 했던 인터뷰 내용이 이상했다."

"어떻게 이상했다는 겁니까?"

"폴 바셋의 존재를 몰랐다고 밝혔다."

"네? 그게 무슨 뜻입니까?"

"말 그대로다. 백업 유격수였던 폴 바셋을 비시즌 기간에 영입했던 것은 잭 니퍼트 단장의 작품이었다. 그런데 그는 폴 바셋을 영입했다는 사실을 까맣게 잊고 있었다고 대답했었다."

'자신이 영입한 선수를 기억 못 했다?'

이용운의 말대로 확실히 이상한 부분이었다.

그래서 박건이 고개를 갸웃하며 물었다.

"자신의 공을 치켜세우는 것이 멋쩍어서 농담을 했던 게 아니었을까요?"

"아니. 잭 니퍼트 단장은 알츠하이머를 앓고 있기 때문에 진짜 폴 바셋을 영입했던 것을 기억하지 못했다고 나는 확신한다."

이용운이 이야기를 마친 순간, 박건의 표정이 심각해졌다.

'만약 선배님의 말씀처럼 잭 니퍼트 단장이 알츠하이머를 앓고 있다면?'

지금은 초기라서 증상이 도드라지지 않아서 눈치를 채지 못하는 걸 수도 있었다. 그렇지만 좀 더 시간이 흘러서 알츠하이머 증상이 도드라진다면?

잭 니퍼트는 단장직에서 물러나야 했다.

자신이 주도해서 영입한 선수조차 기억하지 못하는 단장에게 구단 운영을 맡길 수는 없는 노릇이었으니까.

'그럼 나는 어떻게 해야 하지?'

그로 인해 박건의 머릿속이 복잡해졌을 때였다.

"생각하지 마."

"하지만……."

"내게 생각이 다 있으니까."

이용운이 힘주어 말했다.

그 이야기를 들은 순간, 박건은 마음이 놓이는 것을 느꼈다.

'만약 혼자였다면?'

지금 박건이 처해 있는 상황.

결코 쉽지 않았다.

아는 사람 하나 없는 이역만리에 혼자 건너오자마자 이런 난관을 맞닥뜨렸다면, 박건은 갈피조차 잡기 힘들었을 것이었다.

그러나 이용운과 함께였기에 외롭지 않았다.

'선배님이라면 어떤 해법을 찾아내지 않을까?'

이용운에 대한 신뢰가 박건의 마음에서 불안을 지워주고 있었다.

"저는 뭘 하면 됩니까?"

박건의 질문을 받은 이용운이 대답했다.

"야구를 해야지."

                    *   *   *

메이저리그 스프링캠프와 KBO 리그 스프링캠프는 여러 면에서 차이가 있었다.

일단 훈련량이 달랐고, 스케줄도 달랐다.

그렇지만 가장 큰 차이점은 메이저리그 스프링캠프가 실전 위주로 진행이 된다는 점이었다.

켁터스 리그와 그레이프프루트 리그.

메이저리그 구단들의 스프링캠프는 미국 동남부 겨울 휴양지인 플로리다와 서남부의 사막 지역인 애리조나에 몰려 있었다. 그래서 시범경기의 명칭도 지역 특산품인 선인장을 뜻하는 '켁터스 리그'와 노란 자몽을 뜻하는 '그레이프프루트 리그'라고 칭해졌다.

뉴욕 메츠 구단은 지역 라이벌인 뉴욕 양키스와 세인트루이

스 카디널스, 워싱턴 내셔널스 등과 함께 '그레이프프루트 리그'
에 속해 있었다.

'날씨 참 좋네.'

겨울 휴양지답게 플로리다의 기후는 겨울이란 게 믿기지 않을
정도로 따뜻했다.

그렇지만 박건은 관광을 하러 미국에 온 것이 아니었다.

뉴욕 메츠 VS 애틀랜타 브레이브스.

40인 로스터에 포함된 선수들이 모여 시작한 스프링캠프에서
뉴욕 메츠는 세 번째 비공식 시범경기를 앞두고 있었다.

지난 두 차례 경기에서 출전 기회를 얻지 못했던 박건은 세
번째 비공식 시범경기에서도 역시 출전 기회를 얻지 못했다.

더그아웃에서 경기를 지켜볼 채비를 하던 박건이 미겔 카브레
라 감독을 힐끗 살폈다.

마침 고개를 돌렸던 미겔 카브레라 감독과 박건의 시선이 마
주쳤다.

'기회를 주시죠.'

박건이 강렬한 눈빛을 쏘아냈지만, 미겔 카브레라 감독은 눈
싸움을 펼치지 않았다.

재빨리 고개를 돌리며 박건의 시선을 피해 버렸다.

"너무하네."

그 순간 박건이 참지 못하고 혼잣말을 꺼냈다.

직접 영입을 진두지휘했기 때문일까.

잭 니퍼트 단장은 박건이 미국으로 건너오자마자 바로 면담
자리를 마련했다. 그리고 박건의 적응을 돕겠다는 적극적인 의

사를 표명했다.

그렇지만 미겔 카브레라 감독은 달랐다.

그는 아직까지 박건과 면담을 갖지 않았다.

"우리 팀의 일원이 된 것을 환영한다."

스프링캠프 첫날, 짧막한 인사를 건넨 것이 전부였다.

'내가 마음에 들지 않는 거야.'

미겔 카브레라 감독의 반응을 통해 박건이 유추한 것이었다.

잭 니퍼트 단장이 아무 상의 없이 팀에 영입한 박건에 대해서 미겔 카브레라 감독의 감정이 좋을 리 없었다.

"출전 기회는 언제 찾아올까?"

다시 혼잣말을 꺼내던 박건이 쓴웃음을 머금었다.

데자뷔라고 표현하면 될까.

비슷한 상황을 이미 경험한 적이 있다는 생각이 퍼뜩 들었기 때문이었다,

'시즌 중에 청우 로열스로 갑작스럽게 이적했을 때도, 언제 출전 기회가 주어질지 몰라서 노심초사했었지.'

당시 박건의 영입을 주도했던 것은 청우 로열스의 단장인 송이현이었다. 그리고 한창기 감독은 그런 송이현 단장에게 불만을 품었다.

이름값이 전혀 없던 박건을 아무런 상의도 없이 영입했기 때문이었다.

'그때 내가 출전할 시기를 선배님이 정확히 예측했지.'

당시의 기억을 떠올리던 박건이 두 눈을 빛내며 입을 뗐다.

"선배님."

"왜 불러?"

"저는 언제 경기에 출전할까요?"

박건이 질문이 끝나기 무섭게 이용운에게서 대답이 돌아왔다.

"내가 그걸 어떻게 알아?"

"하지만……."

"하지만 뭐지?"

"예전에는 정확히 맞추셨잖습니까?"

"그때와 지금은 다르다."

"뭐가 다릅니까?"

"한창기 감독과 달리 미겔 카브레라 감독에 대해서는 아는 게 별로 없거든."

이용운이 대답하는 것을 들은 박건이 한숨을 내쉬었다.

'선배님도 낯선 것은 마찬가지지.'

박건만 메이저리그가 처음이 아니었다.

이용운도 메이저리그가 생소한 것은 마찬가지였다.

"그럼 계속 무작정 기다려야 합니까?"

박건이 불안한 기색을 드러내며 묻자, 이용운이 타박했다.

"이제 겨우 두 경기 했다. 좀 진득하게 기다려라."

*   *   *

슈아악.

애틀랜타 브레이브스의 세 번째 투수인 윌슨 스텔라가 타자를 상대로 던진 2구째 공이 홈플레이트를 파고들었다.

"스트라이크."

바깥쪽 스트라이크존을 통과했다고 판단한 주심이 팔을 들어올린 순간, 박건이 자세를 고쳐 앉았다.

'빠르다.'

95마일의 구속을 기록한 직구.

km/h로 환산하면 153km의 구속이었다.

게다가 바깥쪽 낮은 코스로 파고든 제구도 완벽에 가까웠다.

그래서 박건이 내심 감탄하고 있을 때, 윌슨 스텔라가 3구째 공을 던졌다.

슈악.

이번 공은 슬라이더.

바깥쪽 스트라이크존을 통과할 것처럼 보이던 슬라이더는 마지막 순간에 살짝 휘며 아래로 떨어졌다.

부우웅.

타자가 힘껏 휘두른 배트는 허공을 갈랐다.

"스트라이크아웃."

등판 후 첫 타자를 삼구삼진으로 돌려세운 윌슨 스텔라가 무심한 표정으로 몸을 돌렸다.

"잘한다."

박건이 윌슨 스텔라의 투구에 감탄하고 있을 때였다.

"뭐 하고 있어?"

이용운이 물었다.

"선배님께서 조급해하지 말고 경기에 집중하라고 하시지 않았습니까? 그래서 집중해서 경기를 관전하고 있습니다."

"못 들은 거야? 아니면, 못 알아들은 거야?"

"네?"

"타격코치가 대타로 나설 준비를 하라고 말하고 있잖아."

뒤늦게 말귀를 알아들은 박건이 재빨리 고개를 돌렸다.

이용운의 말처럼 타격코치가 곁으로 다가와 있었다.

"I'm ready."

벌떡 일어선 박건이 일단 대답부터 했다.

'무안하네.'

예상보다 훨씬 더 빠른 시점에 출전 기회가 주어졌다. 그래서 아까 조바심을 냈던 것이 무안하게 느껴진 박건이 얼굴을 붉히고 있을 때였다.

"왜 계속 멍하니 서 있어?"

"그게……."

"아까 준비됐다면서? 배트도 안 챙기고 타석에 들어설 거야?"

이용운의 지적을 듣고서야 박건은 자신이 배트도 챙기지 않았다는 사실을 뒤늦게 깨달았다.

'정신이 하나도 없네.'

박건이 멋쩍은 표정으로 머리를 긁적였다.

오늘 경기에서 대타로 출전할 것을 전혀 예상치 못했기 때문에 무척 당혹스러웠다.

그리고 스프링캠프에 합류한 후, 첫 경기 출전이라는 사실로 인해 박건은 잔뜩 긴장한 상태였다.

'일단 장비부터 챙기자.'

헬멧과 장갑을 착용한 박건이 배트를 챙겼다.

아쉬운 점은 윌슨 스텔라와 상대하던 타자였다.

슈악.

딱.

타자는 윌슨 스텔라의 초구를 건드려 유격수 땅볼로 물러났다.

해서 박건은 대기타석에 들어서기 무섭게 타석으로 향해야 했다.

'뭐가 이렇게 빨라?'

너무 빠른 진행에 어안이 벙벙할 지경이었다.

툭. 툭.

정신을 차리기 위해서 박건이 헬멧을 주먹으로 두드린 후, 타석에 들어섰다.

'메이저리그에 진출한 후 첫 타석이구나.'

물론 정규시즌 경기는 아니었다.

비공식 시범경기인 그레이프프루트 리그일 뿐이었다.

그렇지만 첫 타석의 의미가 각별하게 다가오는 것은 어쩔 수 없었다.

슈아악.

그리고 박건이 타격 준비를 마치기 무섭게 윌슨 스텔라가 초구를 던졌다.

"스트라이크."

타석에서 초구를 지켜본 박건이 속으로 혀를 내둘렀다.

'빨라.'

더그아웃에서 지켜보았던 윌슨 스텔라의 공과 직접 타석에 들어서서 지켜본 윌슨 스텔라의 공은 느낌이 또 달랐다.

'구속이?'

93마일이 찍힌 구속을 확인한 박건이 슬쩍 눈살을 찌푸렸다.

150㎞대 초반 구속의 직구는 KBO 리그에서도 심심찮게 상대했었다.

그런데 같은 구속임에도 불구하고 윌슨 스텔라가 던진 직구가 체감상 훨씬 더 빠르게 느껴졌다.

'고장 난 것 아냐?'

해서 박건이 스피드건이 고장 난 것이 아닌지 의심하고 있을 때였다.

슈아악.

윌슨 스텔라가 2구째 공을 던졌다.

'바깥쪽 직구.'

초구와 마찬가지로 바깥쪽 직구를 던지는 것을 확인한 박건이 힘껏 배트를 휘둘렀다.

딱.

그렇지만 타격음은 둔탁했다.

배트 끝부분에 걸린 타구는 파울라인을 벗어나는 땅볼이 됐다.

노 볼 2스트라이크.

불리한 볼카운트에 몰린 박건이 다시 타격 준비를 시작했다.

"구종이… 뭘까요?"

스프링캠프에서 맞이한 첫 번째 타석.

허무하게 물러나고 싶지는 않았다.

해서 이용운에게 구종 예측을 부탁했지만 대답은 돌아오지 않았다.

스윽.

빠르게 투구를 준비하는 윌슨 스텔라를 확인한 박건이 초조함을 느꼈다.

'빨라.'

구속만 빠른 것이 아니었다.

투구 템포도 무척 빠른 편이었다.

'수 싸움은… 내가 직접 하자.'

이용운이 충고를 해주지 않으니 달리 선택의 여지가 없었다. 그래서 수 싸움을 직접 하기로 결심했지만 막막한 기분이 들었다.

예고 없이 갑자기 대타로 출전한 터라 지금 마운드에 서 있는 윌슨 스텔라에 대해서 알고 있는 정보가 전무하다시피 했기 때문이었다.

'노 볼 2스트라이크 상황이니까 유인구를 던질 확률이 높지 않을까?'

투구 동작에 돌입하고 있는 윌슨 스텔라를 노려보던 박건이 퍼뜩 한 생각이었다.

그런 박건의 눈앞에 아까 더그아웃에서 지켜보았던 윌슨 스텔라가 구사했던 슬라이더가 떠올랐다.

'스트라이크존을 벗어나는 슬라이더.'

박건이 수 싸움을 간신히 마친 순간, 윌슨 스텔라의 손에서 공이 떠났다.

슈아악.

홈플레이트로 빠르게 날아드는 공을 살피던 박건이 당황했다.

'슬라이더가 아니라 직구.'

바깥쪽 슬라이더를 구사할 거란 예측은 빗나갔다.

윌슨 스텔라가 3구째로 선택한 구종은 몸쪽 직구였다.

'커트해야 해.'

박건이 커트하기 위해서 배트를 휘둘렀다.

부웅.

그러나 늦었다.

박건의 배트는 공을 맞추지 못하고 허공을 갈랐다.

"스트라이크아웃."

삼구삼진을 당한 박건이 고개를 갸웃했다.

비록 수 싸움은 빗나갔지만, 커트는 가능할 거라 예상했다.

그런데 그 예상이 보기 좋게 빗나갔다.

'마지막 순간에… 가라앉았어.'

윌슨 스텔라의 3구째 공을 포구한 포수의 미트 위치를 확인한 박건이 다음으로 구속을 확인했다.

91마일.

전광판에 찍힌 구속을 확인한 순간, 이용운이 말했다.

"투심 패스트볼이었다."

*　　　*　　　*

0—2.

뉴욕 메츠와 애틀랜타 브레이브스의 비공식 시범경기 최종 스코어였다.

애틀랜타 브레이브스의 승리.

그렇지만 승패는 큰 의미가 없었다. 그리고 경기에 대타자로 출전했던 박건은 한 타석만 소화하고 경기에서 빠졌다.

그로 인해 아쉬움을 느꼈지만, 곧 출전 기회가 주어졌다.

뉴욕 메츠 VS 세인트루이스 카디널스.

뉴욕 메츠의 그레이프프루트 리그 다섯 번째 경기에 박건은 선발 라인업에 이름을 올렸다.

좌익수로 출전한 박건의 타순은 3번, 중심 타순이었다.

그리고 중심 타순에 포진한 박건이 상대해야 하는 투수는 톰 고든이었다.

'지난 경기와는 달라.'

전혀 예상치 못한 상황에서 대타자로 출전하란 지시를 받고 경기에 출전했던 지난 경기와는 달랐다.

선발 라인업에 포함됐다는 사실을 알았기 때문에 상대해야 할 투수에 대해서 공부할 시간이 주어졌다는 것이 가장 큰 차이점이었다.

"주로 트리플 A에서 활약했고, 지난 시즌 성적은 7승 5패 방어율 3.45. 직구와 슬라이더, 체인지업, 포크볼을 구사할 수 있는 포 피치 유형의 투수이고, 세인트루이스 카디널스가 장기적으로 팀의 미래를 책임질 선발투수로 키우고 있는 선수."

박건이 전력 분석 팀에게서 건네받은 톰 고든에 대한 정보를 작게 되뇌었다. 그리고 1회 초 2사 주자 없는 상황에서 박건이 타석으로 들어섰다.

*   *   *

슈아악.

톰 고든이 초구를 던졌다.

포수의 미트로 파고드는 바깥쪽 직구를 타석에서 지켜보던 박건이 움찔했다.

'빠르다.'

윌슨 스텔라의 93마일짜리 직구도 체감 속도가 무척 빠르게 느껴졌다. 그렇지만 톰 고든이 초구로 던진 직구는 그보다 더 빠르게 느껴졌다.

'구속은?'

99마일이 찍힌 전광판을 확인한 박건이 혀를 내둘렀다.

'160㎞?'

착각이 아니었다.

'처음이다.'

박건이 혀를 내밀어 바싹 마른 입술을 적셨다.

KBO 리그에서는 160㎞의 구속을 기록하는 직구를 한 번도 상대해 본 경험이 없었다.

그런데 메이저리그로 건너온 후 두 번째 타석에서 160㎞의 구속이 나오는 직구를 던지는 투수를 상대하게 된 것이었다.

물론 박건도 메이저리그에서 공을 던지는 투수들의 직구 구속이 KBO 리그 투수들의 직구 구속보다 빠르다는 것을 이미 알고 있었다.

그렇지만 알고 있는 것과 직접 경험하는 것은 또 달랐다.

'내가 공략할 수 있을까?'

이런 의문이 깃들었을 정도로 톰 고든의 직구는 빨랐다.

'그래도 공략해야 한다.'

잠시 후, 박건이 각오를 다졌다.

"90마일대 후반의 직구를 공략하지 못하면 메이저리그에서 성공하는 것은 불가능하다. 짐 싸서 돌아와야 한다."

이용운이 했던 충고였다.

'배트를 짧게 쥐고, 스윙을 더 간결하게 한다.'

톰 고든의 99마일짜리 직구에 대처하기 위해서 나름의 준비를 마친 박건이 타격자세를 취했다.

슈악.

톰 고든의 손에서 2구째 공이 떠났다.

'한가운데.'

가운데로 몰린 공을 확인한 박건이 스윙을 가져갔다.

부웅.

그러나 한가운데로 몰린 공을 박건은 배트에 맞추지 못했다.

'직구가 아니라… 체인지업이었어.'

스윙을 가져가던 도중에 직구가 아니라는 것을 알아챘다.

그래서 배트를 휘두르는 타이밍을 늦춰보려 했지만 역부족이었다.

'구속은?'

81마일이 찍힌 구속을 확인한 박건의 표정이 딱딱하게 굳어졌다.

톰 고든의 직구 구속은 99마일.

반면 체인지업 구속은 81마일이었다.

무려 20마일 가까이 구속 차이가 났다.

'구속 차이가 극심해. 타이밍을 잡기 어려워.'

툭. 툭.

박건이 주먹으로 헬멧을 때렸다.

노 볼 2스트라이크.

어느새 불리한 볼카운트에 몰려 있었다.

'직구? 체인지업?'

톰 고든이 선택할 3구째 구종을 떠올리던 박건의 머릿속이 헝클어졌다.

그리고 톰 고든은 기다리지 않고 3구째 공을 던졌다.

슈악.

'슬라이더? 높다?'

직구도 체인지업도 아니었다.

톰 고든이 선택한 3구는 슬라이더였다.

그리고 우타자 바깥쪽으로 휘어져 나가는 슬라이더가 높다고 판단한 박건은 배트를 내밀던 도중에 멈췄다.

그때였다.

"스트라이크아웃."

주심이 돌연 스트라이크를 선언했다.

'높았잖아.'

포수의 미트 위치를 확인한 후, 박건이 불만을 드러냈다.

확실히 높았다고 판단한 박건이 주심에게 다가가며 어필했다.

"High."

"What?"

"This ball is··· 그러니까······."

박건이 항의를 하는 과정에서 머뭇거린 순간, 주심이 어깨를 으쓱했다.

제대로 알아듣지 못하겠다는 의미의 몸동작.

"Too high."

박건이 재차 항의한 순간, 주심도 언성을 높였다.

"No!"

"······?"

"Ejection!"

주심이 팔을 뻗으며 소리쳤다.

'뭐라는 거야?'

박건이 와락 인상을 구겼다.

주심이 하는 말을 제대로 알아들을 수 없었기 때문이었다.

'왜 아무 말도 없는 거야?'

그 순간 박건이 떠올린 것은 이용운이었다.

이용운의 도움이 없으니 전혀 의사소통이 되지 않았다.

그로 인해 답답함을 느끼던 박건이 주위를 둘러보았다.

무심하기 짝이 없는 얼굴로 박건과 주심의 언쟁을 바라보고 있는 선수들과 코칭스태프들을 확인한 박건은 문득 외롭다는 생각이 들었다.

　말이 통하지 않는 이역만리에 혼자 떨어진 느낌이랄까.

　그때, 이용운이 말했다.

　"그만해라."

　"하지만."

　"퇴장 명령을 받았다."

제8장

"빌어먹을."

더그아웃으로 돌아온 후에도 박건의 화는 풀리지 않았다.

구석 자리에 앉아서 거칠게 숨을 내쉬고 있던 박건이 고개를 돌려서 미겔 카브레라 감독을 살폈다.

그는 더그아웃에 설치된 바에 몸을 기댄 채 침착한 얼굴로 경기를 지켜보고 있었다.

'왜 항의하지 않은 거지?'

박건은 톰 고든이 던진 3구째 바깥쪽 슬라이더가 높았다고 확신했다. 그래서 주심의 스트라이크존에 강하게 항의를 했던 것이었고.

그 과정에서 박건은 주심과 언쟁을 벌이는 도중, 미겔 카브레라 감독이 항의하기 위해 더그아웃을 뛰쳐나올 것을 내심 기대했다.

그렇지만 박건의 기대와 달리 미겔 카브레라 감독은 움직이지 않았다.

볼 판정에 대한 항의도 하지 않았고, 박건의 퇴장 판정에 대해서도 주심에게 항의하지 않았다.

'경기의 중요성이 크지 않기 때문일까?'

오늘 경기는 비공식 시범경기일 뿐이었다.

그러니 승패가 중요하지 않았기 때문에 미겔 카브레라 감독이 항의를 하지 않은 것일 수도 있었다.

"젠장."

쉬이 화가 가라앉지 않은 박건이 거칠게 콧김을 내뿜었다.

결과적으로는 주심의 애매한 판정으로 2연속 삼구삼진을 당한 셈이었기 때문이었다.

게다가 퇴장까지 당한 상황.

더 이상 경기 출전이 불가능해진 박건이 처량하게 더그아웃 구석에 걸터앉아서 바닥을 응시하고 있을 때였다.

"이유는 없다."

이용운이 불쑥 말했다.

"그게 무슨 뜻입니까?"

"미겔 카브레라 감독이 왜 더그아웃을 박차고 나와서 주심의 볼 판정에 항의하지 않았는지가 궁금한 것 아냐?"

"맞습니다."

"항의를 할 명분이 없기 때문이었다."

"명분이 없다고요?"

"그래."

"하지만 선배님도 보셨지 않습니까? 분명히 높았습니다."

박건이 강하게 주장했지만 이용운은 의견을 굽히지 않았다.

"톰 고든이 후배에게 3구째로 던졌던 슬라이더는 스트라이크 존을 통과했다."

"네?"

"그래서 미겔 카브레라 감독은 항의를 하지 않았던 거지."

'그 공이 스트라이크존을 통과한 것이 맞다고?'

박건이 당황한 기색을 드러냈을 때 이용운이 덧붙였다.

"KBO 리그보다 메이저리그 주심들의 스트라이크존이 더 넓은 편이다."

"그래도 너무 높았는데……."

"아직도 억울해?"

"당연히……."

"그럼 돌아가."

이용운이 돌아가라고 말하는 것을 들은 박건이 더욱 당황했다.

"어디로 돌아가라는 겁니까?"

"어디긴 어디야? KBO 리그지."

"……?"

"절이 싫으면 중이 떠나야 하는 법이니까."

이용운이 단호한 목소리로 덧붙인 이야기를 들은 박건이 결국 한숨을 내쉬었을 때였다.

"응석 부리지 마. 새로운 리그에 적응하는 게 그리 쉬울 줄 알았어?"

박건이 딱딱하게 표정을 굳힌 순간, 이용운이 다시 물었다.

"벌써 무섭지?"

*   *   *

'또… 들켰네.'

박건의 얼굴이 벌겋게 달아올랐다.

이용운에게 속내를 들켜 버린 것이 부끄러워서였다.

'내가 잘 적응할 수 있을까?'

이런 불안감이 계속 마음속에 자리 잡고 있었다.

그런 상태로 스프링캠프에 합류했고, 엉겁결에 첫 타석에 들어섰다.

'찬스를 놓치면 안 된다.'

이렇게 다부지게 각오를 다지고 타석에 들어섰음에도 결과는 좋지 않았다.

삼구삼진을 당하고 물러났으니까.

그렇지만 삼구삼진을 당했던 것보다 더 큰 충격으로 다가왔던 것은 상대 투수였던 윌슨 스텔라의 구위였다.

150㎞대 중반의 구속을 기록한 윌슨 스텔라의 직구는 빨랐다.

제대로 타이밍을 맞추기 힘들었을 정도였다.

게다가 박건이 헛스윙을 했던 윌슨 스텔라의 3구째 투심 패스트볼의 무브먼트는 무척 날카로웠다.

과연 다시 타석에 들어섰을 때 이 투심 패스트볼을 공략할 수 있을지 확신이 서지 않았을 정도였다.

그리고 아직 끝이 아니었다.

두 번째 타석에서 상대한 톰 고든의 구위도 대단했다.

160㎞의 구속을 찍은 직구를 타석에서 직접 지켜본 후, 박건은 당혹스러움을 느꼈다.

게다가 분명히 너무 높았다고 판단했던 슬라이더를 주심은 스트라이크라고 선언했다.

당시 박건이 격렬하게 항의했던 이유는 억울했기 때문이었다.

그렇지만 진짜 이유는 공포심 때문이었다.

'이런 높은 공까지 주심이 스트라이크로 선언하면 내가 과연 메이저리그에서 살아남을 수 있을까?'

이런 두려움이 마음속을 잠식했던 것이었다.

"대답이 없는 것을 보니 겁먹은 게 맞나 보구나."

"……."

"진짜 후배를 두렵게 한 것은 윌슨 스텔라와 톰 고든이 메이저리그 정상급 투수가 아니라는 점이겠지?"

일순 말문이 막혔을 정도로 이용운의 분석은 아주 예리했다.

박건이 타석에서 상대한 두 명의 투수인 윌슨 스텔라와 톰 고든.

클라이튼 커쇼나 저스틴 벌랜더처럼 메이저리그 정상급 투수와는 한참 거리가 멀었다.

주로 트리플 A 리그에서 활약하던 투수들이었다.

그럼에도 불구하고 윌슨 스텔라와 톰 고든의 구속과 구위는 박건을 당황스럽게 만들었을 정도로 대단했다.

'이들의 수준이 이 정도인데 메이저리그 최정상급 투수들이 던지는 공은 얼마나 더 대단할까?'

박건의 머릿속을 줄곧 떠나지 않는 생각이었다. 그리고 이용운은 박건이 가진 공포의 실체를 정확히 꿰뚫어 본 것이었다.

"어떻게 할 거야?"

그때 이용운이 다시 물었다.

"뭘 어떻게 할 거냐는 말씀입니까?"

"돌아갈 거야?"

"당연히… 못 돌아갑니다. 여기까지 왔는데 이대로 돌아갈 순 없습니다."

"그럼 여기서 살아남을 방법을 찾아야 할 차례로군."

"제가 살아남을 수 있는 방법이 뭡니까?"

박건의 질문이 끝나기 무섭게 이용운이 대답했다.

"루틴."

*　　　　*　　　　*

'루틴이… 생존의 해법이라고?'

예상치 못했던 대답이었다. 그리고 이용운에게서 어떤 부연도 없었기에 박건이 고개를 갸웃했을 때였다.

"KBO 리그에서 경험한 스프링캠프와 메이저리그에서 경험한 스프링캠프의 가장 큰 차이점이 무엇인 것 같으냐?"

이용운이 질문했다.

'실전 경기 위주라는 것? 아니면, 훈련량이 훨씬 적다는 것?'

그 질문에 대한 답을 찾기 위해서 고민하던 박건이 잠시 후 대답을 꺼냈다.

"삭막합니다."

"삭막하다?"

"같은 팀원이지만 서로 대화가 거의 없습니다."

박건의 대답을 들은 이용운이 칭찬했다.

"정답은 아니지만 아주 오답은 아니다."

"그럼 정답은 무엇입니까?"

"경쟁."

"경쟁… 이요?"

"내가 뉴욕 메츠 스프링캠프에 합류한 후 가장 놀랐던 것은 선수들의 눈빛이었다. 말 그대로 살기가 깃들었을 정도로 눈빛들이 살벌했다. 그리고 그 이유는 경쟁에서 살아남기 위해서이지."

40인 로스터에 들어야만 스프링캠프에 합류할 수 있는 자격이 생겼다.

그렇지만 메이저리그 개막전 엔트리는 25명이었다.

즉, 15명의 낙오자가 무조건 발생한다는 뜻이었다.

"마이너리거와 메이저리거는 천지차이다. 연봉은 물론이고 식단, 심지어 이동 수단과 이동 거리까지 엄청난 차이가 나지. 그래서 마이너리거들은 모두 25인 로스터에 합류해서 메이저리거가 되는 것을 꿈꾼다."

'그래서 그렇게 삭막한 거였구나.'

KBO 리그에도 1군에 합류하기 위한 경쟁은 존재했다.

그렇지만 경쟁의 치열함에서 차이가 발생했다.

메이저리그는 전 세계에서 가장 야구를 잘한다는 선수들이 모두 모여 있는 곳.

KBO 리그보다 훨씬 더 경쟁이 치열할 수밖에 없었다.

"이 치열한 경쟁에서 살아남으려면 어떻게 해야 할까?"

"열심히 해야죠."

박건이 모범 답안을 꺼냈지만, 이용운은 만족한 기색이 아니었다.

"그건 당연한 거고."

"그럼 또 뭘 해야 합니까?"

"내가 메이저리그에서 뛰기에 손색이 없을 정도로 경쟁력이 있다는 것을 보여줘야지."

"…그렇겠네요."

박건이 한숨을 내쉬며 수긍했다.

'난 보여준 게 없네.'

두 차례 타석에 들어서서 모두 삼구삼진을 당한 만큼, 박건은 아직 보여준 게 아무것도 없었다.

아니, 최악의 모습만 보여줬다고 해도 과언이 아니었다.

그래서 박건의 가슴이 답답해졌을 때, 이용운이 다시 물었다.

"스프링캠프 기간에 감독과 단장에게 눈도장을 찍기 위해서는 경쟁력이 있다는 것을 증명해야 한다. 그리고 본인의 경쟁력을 증명하기 위해서는 페이스를 일찍 끌어 올릴 수밖에 없다."

'그렇겠네.'

박건이 수긍했을 때, 이용운이 덧붙였다.

"그게 후배가 윌슨 스텔라와 톰 고든을 상대로 고전한 이유다."

*   *   *

'이것도 다르구나.'

이용운이 설명을 마친 순간, 박건은 KBO 리그와 메이저리그의 차이점을 또 하나 깨달을 수 있었다.

KBO 리그의 경우, 선수들은 개막전에 맞춰서 페이스를 끌어 올리는 것이 일반적이었다.

반면 메이저리그의 경우, 선수들은 스프링캠프에 맞춰서 본인의 페이스를 끌어 올렸다.

경쟁의 치열함이 다른 것이 이런 차이를 만들어낸 것이었다.

그렇지만 박건은 전혀 이런 사실을 몰랐다.

'하던 대로 하자.'

그래서 박건은 KBO 리그에서 하던 대로 개막일에 맞춰서 페이스를 끌어 올리는 루틴을 지켜왔었다.

즉, 박건의 컨디션과 몸 상태는 베스트와는 한참 거리가 있는 편이란 뜻이었다.

반면 스프링캠프에 참가한 다른 선수들을 달랐다.

개인 훈련을 통해서 스프링캠프에 맞춰서 페이스를 잔뜩 끌어 올린 후 참가해 있었다.

"윌슨 스텔라와 톰 고든 모두 최상의 컨디션에서 공을 던지고 있는 거군요."

"맞다. 그런데 후배는 최상의 컨디션과는 거리가 멀지. 그래서 윌슨 스텔라와 톰 고든의 공을 전혀 공략하지 못한 것이지."

이용운의 친절한 설명 덕분에 박건은 타석에서 두 차례 연속 삼구삼진을 당한 이유를 알 수 있었다.

'같은 구속임에도 불구하고 윌슨 스텔라의 공이 더 빠르게 느껴진 건 타석에 준비 없이 오랜만에 들어섰기 때문이야. 그리고 직구에 배트가 밀린 것도 아직 배트 스피드가 정상궤도에 오르지 않아서야.'

머릿속으로 그 이유들을 되짚어보던 박건의 표정이 어두워졌다.

페이스란 것은 갑자기 끌어 올려지는 것이 아니었다.

서서히 끌어 올리는 것이었다.

'뒤처졌어.'

100미터 달리기로 비유하자면 박건은 원래 출발선상에 서 있는 반면, 스프링캠프에 참여한 다른 선수들은 원래 출발선상보다 약 20미터가량 앞에서 출발 준비를 하고 있는 셈이었다.

이미 벌어져 버린 격차를 따라잡기는 역부족이란 생각이 들었기 때문에 박건의 표정이 어두워진 것이었다.

'경쟁에서 밀릴 수밖에 없어.'

거기까지 생각이 미친 순간, 박건은 이용운에게 원망하는 마음이 생겼다.

'미리 알려줬어야지.'

박건과 이용운은 달랐다.

이런 사실을 전혀 몰랐던 박건과 달리 이용운은 이미 꿰뚫고 있었다.

그럼에도 불구하고 이용운은 박건에게 스프링캠프에 맞춰서 페이스를 끌어 올려야 한다는 조언을 해주지 않았다.

"왜 미리 알려주시지 않았습니까?"

박건이 결국 참지 못하고 원망을 토해냈다.

"일부러 알려주지 않았다."

그렇지만 이용운은 당당하게 대꾸했다.

'이게 이렇게 당당할 일이야?'

그 대답을 들은 박건의 원망이 더 커졌을 때였다.

"후배는 다르거든."

이용운이 한마디를 덧붙였다.

"뭐가 다르다는 겁니까?"

"윌슨 스텔라와 톰 고든 같은 선수들과는 다르다는 뜻이다."

"어느 부분이 다릅니까?"

박건의 질문에 이용운이 대답했다.

"몸값이 비싸잖아."

*　　　　　*　　　　　*

계약금 포함 연봉 총액 70만 달러.

박건이 뉴욕 메츠와 맺은 단년 계약의 조건이었다.

그렇지만 엄밀히 말하면 박건의 몸값은 70만 달러가 아니라 371만 달러였다.

뉴욕 메츠가 포스팅에 301만 달러를 입찰했기 때문이었다.

"371만 달러나 주고 영입한 선수를 포기하기는 쉽지 않은 법이다."

이용운의 설명이 이어졌다.

"게다가 잭 니퍼트 단장은 고집이 센 편이다. 자신이 영입을 진두지휘한 후배에게 분명히 기회를 줄 거라고 판단했다. 즉, 최소 시범경기까지는 후배에게 기회가 주어질 거라고 확신했지."

"그럼……."

"아까 내가 후배의 메이저리그 생존법을 뭐라고 말했지?"

잠시 기억을 더듬던 박건이 이내 질문에 대한 답을 찾아냈다.

"루틴… 이라고 했습니다."

"기억하고 있구나. 중요한 건 루틴을 지키는 것이라고 판단했다. 억지로 페이스를 끌어 올리려면 부상을 당할 위험이 있거든."

"네."

"그리고 메이저리그와 KBO 리그는 일정이 다르다. 후배도 알고 있겠지만, 메이저리그가 KBO 리그에 비해 경기 수도 훨씬 많고 이동 거리도 길다. 그래서 페이스를 빨리 끌어 올리면 득보다 실이 많다고 판단했다."

"왜 득보다 실이 많다는 겁니까?"

"체력적인 문제가 발생할 가능성이 높거든. 후배는 메이저리그에 비해서 경기 수가 적은 KBO 리그에서조차 풀타임 주전으로 뛰었던 적이 없잖아. 그런데 메이저리그에서 풀타임 주전으로 뛰게 된다면 체력적인 한계가 일찍 찾아올 확률이 높다. 그래서 페이스를 빨리 끌어 올리는 건 더 위험하지."

이용운의 지적은 정확했다.

지난 시즌, 박건은 프로선수 데뷔 후 가장 많은 경기에 출전했었다.

그렇지만 모든 경기에 출전했던 것은 아니었다.

박건이 한성 비글스에서 웨이버공시를 당한 후 청우 로열스로 합류했던 시기는 이미 정규시즌의 1/4가량이 흐른 시점이었다.

나머지 3/4가량의 경기들에만 주전선수로 출전했음에도 불구하고 박건은 시즌 후반에 체력적인 한계를 경험했었다.

하물며 경기 수가 더 많고 이동 거리도 더 긴 메이저리그에서라면 체력적인 한계가 더 일찍 찾아올 수가 있었다.

'이 부분도 간과해서는 안 돼.'

박건 역시 체력적인 부분에 대해 뒤늦게 위기감을 느꼈을 때였다.

"만화 좋아하냐?"

이용운이 불쑥 물었다.

'갑자기 왜 만화 타령이지?'

그 질문을 받은 박건이 짤막한 한숨을 내쉬었다.

너무 뜬금없단 생각이 들어서였다.

"예전에 좀 보긴 했습니다."

"전반은 버렸다."

"……?"

"그럼 이 대사를 알고 있겠구나."

"물론 알고 있습니다."

스포츠만화의 명작 중 하나인 '슬램덩크'에 등장했던 대사를 박건도 당연히 기억하고 있었다.

열 번도 넘게 '슬램덩크'를 정독했었는데 그 주옥같은 대사를 어찌 잊을 수 있을까?

해서 박건이 알고 있다고 대답하자, 이용운이 다시 입을 뗐다.

"후배도 전반은 버리는 편이 좋을 것 같다."

*　　　　*　　　　*

'전반을… 버리라고?'

이용운의 충고를 들은 후, 박건이 당혹스런 표정을 지은 채 입을 뗐다.

"저는 야구선수입니다."

"설마 내가 그걸 모르겠냐?"

"그런데 왜 전반을 버리라는 겁니까?"

"비유를 한 거다. 시즌 전반은 최대한 체력을 비축하다가 중반 이후에 가진 모든 걸 쏟아내는 편이 좋겠다는 뜻이지."

그 설명을 들은 박건이 고개를 끄덕였다.

체력적인 문제를 해결하기 위해서는 특단의 조치가 필요했고, 정규시즌 전반에 체력을 비축했다가 순위 경쟁이 치열해지는 중후반에 체력을 모두 쏟아붓는 것은 분명히 나쁘지 않은 방법이었다.

그렇지만 여전히 마음에 걸리는 부분이 남아 있었다.

"전반은 물론이고 후반도 버리게 되지 않을까요?"

"무슨 뜻이냐?"

"아끼다 똥 된다."

"……?"

"선배님께서 자주 하셨던 말씀이잖습니까?

"그 얘길 갑자기 왜 하는 것이냐?"

"체력을 계속 비축만 하다가 끝나지 않을까? 이런 걱정이 갑자기 들었기 때문입니다."

박건이 마음에 걸리는 부분에 대해 털어놓자, 이용운이 말했다.

"날 믿어라."

"하지만……."

"달리 선택의 여지도 없지 않느냐?"

박건이 입을 다물었다.

이용운은 자신과 달랐다.

자신과 영혼의 파트너가 된 순간부터, 그는 메이저리그 진출을 목표로 삼자고 제안했다.

그리고 그 제안은 현실이 됐다.

아직 끝이 아니었다.

이용운은 박건의 메이저리그 도전을 성공시키기 위해서 오랫동안 차근차근 준비를 해왔다.

그래서 이미 큰 그림도 그린 이용운을 믿는 것 외에 다른 대안도 없었다.

"물론 시행착오는 있을 것이다."

그때 이용운이 고백했다.

"나 역시 메이저리그는 처음이니까."

'선배님도 처음이긴 하지.'

박건이 고개를 끄덕였을 때, 이용운이 덧붙였다.

"같이 적응해 나가도록 하자."

*　　　*　　　*

뉴욕 메츠 VS 미네소타 트윈스.

뉴욕 메츠의 그레이프프루트 리그 아홉 번째 경기에 박건은 다시 선발 출전 기회를 얻었다.

좌익수로 출전한 박건의 타순은 2번.

미네소타 트윈스의 선발투수는 호세 베리우스.

지난 시즌 미네소타 트윈스의 2선발로 활약했던 투수였다.

메이저리그 진출 후 처음 상대하는 수준급 투수인 호세 베리우스와의 승부를 앞두고 박건이 대기타석에 들어섰을 때였다.

"하나만 명심해라."

"말씀하시죠."

"지난번처럼 항의하다가 퇴장을 당하지는 마라."

"알겠습니다."

박건이 대답을 마친 후, 호세 베리우스가 던지는 공을 관찰하기 위해서 집중하기 시작했다. 그렇지만 박건에게는 오래 관찰할 기회가 주어지지 않았다.

슈아악.

딱.

뉴욕 메츠의 리드오프로 출전한 타자가 호세 베리우스의 2구째 직구를 공략해서 내야땅볼로 물러났기 때문이었다.

1사 주자 없는 상황에서 박건이 타석으로 들어섰다.

지체 없이 투구 동작으로 돌입하는 호세 베리우스를 확인한 박건이 두 눈을 빛냈다.

'확실히 투구 템포가 빨라.'

슈아악.

호세 베리우스의 초구는 바깥쪽 직구였다.

"스트라이크."

92마일을 기록한 직구는 바깥쪽 꽉 찬 코스를 통과했다.

타석에서 호세 베리우스의 직구를 경험한 박건이 희미하게 고개를 끄덕였다.

'공략할 만해.'

윌슨 스텔라와 톰 고든이 던진 직구를 타석에서 경험했을 때와는 달랐다.

'좀 더 위력적이지 않을까?'

호세 베리우스는 지난 시즌 미네소타 트윈스의 2선발로 활약했던 투수.

그래서 막연하게 그가 구사하는 직구가 더 위력적일 거라 예상했다.

그렇지만 타석에서 직접 경험한 호세 베리우스의 직구는 윌슨 스텔라와 톰 고든의 직구에 비해서 구속이 더 느렸다.

또 힘이 느껴지지도 않았다.

해서 충분히 공략할 수 있을 거란 자신감이 생겼다.

슈악.

이어진 2구는 슬라이더.

박건이 배트를 휘두르다가 도중에 멈춰 세웠다.

'판정은?'

내심 그리고 있던 스트라이크존에서 공 하나 정도 낮았다고 판단하며 박건은 주심의 판정을 기다렸다.

"볼."

주심 역시 낮았다고 판단해서 볼을 선언했다.

'이 정도로 낮은 공은 스트라이크 판정을 하지 않는구나.'

박건이 작게 고개를 끄덕였다.

이용운의 조언대로라면 KBO 리그와 메이저리그의 스트라이크존은 달랐다.

메이저리그가 KBO 리그에 비해 스트라이크존이 더 넓다고 했다.

물론 주심의 성향에 따라서 스트라이크존이 달라지는 것은 메이저리그도 마찬가지였다.

그렇지만 기준은 분명히 존재할 터.

그 기준에 적응하는 것은 꼭 필요했다.

해서 박건은 호세 베리우스의 3구째 공도 그냥 지켜보았다.

슈악.

3구 역시 바깥쪽 슬라이더.

아까와 다른 점은 높낮이였다.

호세 베리우스가 2구째로 던졌던 바깥쪽 슬라이더에 비해 3구째로 던진 슬라이더가 조금 높았다.

'공 반 개 정도 높게 들어왔다. 판정은?'

만약 KBO 리그였다면?

주심의 성향에 따라 판정이 달라지긴 했겠지만, 볼 판정이 내려질 확률이 높다고 박건이 판단했을 때였다.

"스트라이크."

주심은 호세 베리우스가 던진 3구째 슬라이더에 스트라이크 판정을 내렸다.

그 판정이 내려진 순간, 박건이 재빨리 고개를 돌렸다.

주심의 스트라이크 판정에 불만을 품고 항의하기 위함이 아니었다.

포수의 미트 위치를 정확히 확인하기 위함이었다.

'2구보다 공 반 개 정도 더 높은 공에는 스트라이크를 줬으니까… 이걸 기준으로 잡으면 되겠군.'

박건이 천천히 고개를 끄덕였다.

KBO 리그에서 그렸던 스트라이크존보다 공 반 개 정도 더 넓어진 새로운 스트라이크존을 머릿속에 그린 박건이 다시 타격 준비 자세를 취했다.

'더 지켜볼 필요는 없다.'

타석에서 호세 베리우스의 공을 충분히 지켜보았다고 판단한 박건이 타격을 하기로 결심했다.

'희전하네.'

잠시 후 박건이 쓴웃음을 머금었다.

인간은 적응의 동물.

그래서일까.

어느새 이용운이 하는 해설에 익숙해져 있었다. 그래서 이용운이 입을 꾹 다물고 있자 허전한 느낌을 받은 것이었다.

하지만 박건은 이용운에게 구종 예측을 부탁하지 않았다.

"후배도 마찬가지겠지만 나 역시 적응 기간이 필요하다. 한동안은 서로 적응을 하는 데 집중하도록 하자."

서로 적응 기간을 갖기로 이미 이용운과 합의를 했기 때문이었다.

'나 혼자 수 싸움을 해야 해.'

박건이 나름대로 수 싸움을 마쳤을 때, 호세 베리우스가 투구 동작에 돌입했다.

슈아악.

그의 손에서 공이 떠난 순간 박건이 힘들이지 않고 가볍게 배트를 휘둘렀다.

따악.

경쾌한 타격음이 흘러나왔다.

배트 중심에 걸린 타구는 유격수의 키를 훌쩍 넘기고 외야에 떨어졌다.

타다닷.

짜악.

전력 질주 해서 1루 베이스에 도착한 박건이 박수를 쳤다.

방금 자신의 타격이 만족스러웠기 때문이었다.

메이저리그 스프링캠프에 합류한 후, 세 번째 타석 만에 첫 안타를 뽑아냈다.

1사 주자 없는 상황에서 나온 단타였지만, 박건에게는 큰 의미가 있는 안타였다.

일단 메이저리그 도전을 선언한 후 처음으로 때려낸 안타였고, 상대 투수가 메이저리그 수준급 투수인 호세 베리우스였다는 것에서도 의미를 부여할 수 있었다.

그때, 이용운이 입을 뗐다.

"어떻게 직구가 들어올 줄 알았지?"

'너무하네.'

그 질문을 받고서 박건이 가장 먼저 느낀 감정은 서운함이었다.

박건이 호세 베리우스를 상대로 나름 큰 의미가 있는 안타를 방금 뽑아낸 상황이었다.

그래서 칭찬이나 축하 인사를 먼저 건넬 거라고 내심 기대했는데.

이용운은 칭찬과 축하 인사 대신 어떻게 구종 예측을 정확히 했는지 질문부터 던졌다.

"선배님은 직구를 예측하지 못하셨나 보네요."

"그게……."

"머뭇거리시는 걸 보니 역시 예측이 틀렸나 보네요."

"어떻게 직구를 예측했는지나 말해봐라."

"간단합니다."

"난 그 간단한 걸 못 맞췄다는 뜻이냐?"

"역시 귀신이네요."

"뭐?"

'그만해야겠네.'

이용운이 언성을 높이고 있다는 것을 알아챈 박건이 서둘러 이유를 밝혔다.

"절 무시하기 때문에 직구를 던질 거라 예측했습니다"

*　　　　　*　　　　　*

'지금 마운드에 서 있는 호세 베리우스는 무슨 생각을 하고 있을까?'

수 싸움을 위해서 박건이 집중한 것은 호세 베리우스의 심리 상태였다.

그레이프프루트 리그는 비공식 시범경기.

경기 결과는 큰 의미가 없었다.

25인 로스터에 들기 위한 선수들 사이 경쟁의 장.

그렇지만 호세 베리우스의 입장은 조금 달랐다.

12승 7패 방어율 3.26.

지난 시즌 미네소타 트윈스의 2선발이었던 호세 베리우스가 기록한 성적이었다.

오프시즌 동안 미네소타 트윈스는 검증된 선발투수를 영입하지 않은 만큼, 호세 베리우스는 올 시즌에도 팀의 2선발을 맡을 가능성이 무척 높았다.

즉, 호세 베리우스는 25인 로스터 합류가 확정된 것이나 마찬가지라는 뜻이었다.

그런 그에게 오늘 등판은 컨디션 점검 차원이었다.

그리고 상대 타자는 동양의 작은 나라에서 건너온 듣보잡 선수 박건.

호세 베리우스가 치열하게 준비했을 가능성은 극히 낮았다.

자신과의 승부보다는 자신의 공을 점검하는 것에 치중할 거라고 판단했기 때문에 박건은 호세 베리우스가 4구째에 직구를 던질 거라 예측했던 것이었다.

"그게… 전부냐?"

박건이 호세 베리우스를 상대로 구종 예측에 성공했던 비결을 밝히자, 이용운이 실망한 기색으로 물었다.

"더 뭐가 필요합니까? 심플 이즈 베스트란 말, 모르십니까?"

"단순해서 좋겠구나."

"덕분에 호세 베리우스를 상대로 안타를 만들어냈죠."

박건이 의기양양한 목소리로 말하자, 이용운이 혀를 찼다.

"그래서 좋냐?"

"당연히 좋죠. 호세 베리우스는 메이저리그에서도 인정받는 수준급 선발투수입니다. 그런 투수를 상대로 안타를 뽑아냈는데 어찌 좋지 않겠습니까?"

뉴욕 메츠 소속 선수로 스프링캠프에 합류해 있었지만, 박건은 아직 자신이 메이저리거가 됐다는 실감을 하지 못하고 있었다.

그래서 TV 화면이나 기사로만 접했던 유명한 선수들을 직접 만날 때마다 신기한 느낌이 들었다.

이번도 마찬가지였다.

불과 얼마 전까지만 해도 영상을 통해서만 봤던 호세 베리우스였는데.

직접 타석에 서서 호세 베리우스가 던지는 공을 상대했다.

게다가 호세 베리우스를 공략해서 안타까지 뽑아냈다.

그런데 어찌 흥분되지 않을 수 있을까.

해서 박건이 상기된 표정을 짓고 있을 때였다.

"그렇게 좋아할 것 없다."

"왜요?"

"지금의 호세 베리우스는 정상이 아니니까."

"부상이라도 당했습니까?"

"그건 아니다."

"그럼요?"

"아직 페이스를 완전히 끌어 올리지 않았기 때문이다. 내 판단에 호세 베리우스의 몸 상태는 좋을 때의 70% 수준에 불과하다. 그러니 공에 위력이 있을 리 없고, 이게 후배가 안타를 빼앗아낼 수 있었던 이유지."

'그래서였구나.'

박건이 입맛을 쩝 다셨다.

윌슨 스텔라, 톰 고든, 그리고 호세 베리우스.

지금까지 상대한 세 명의 투수들 가운데 이름값은 호세 베리우스가 가장 높았다.

그렇지만 직접 타석에서 상대했던 공의 위력은 호세 베리우스가 가장 처졌다. 그리고 박건은 이용운의 설명 덕분에 이름값이 가장 높은 호세 베리우스가 던지는 공의 위력이 가장 처지는 이유를 알 수 있었다.

"선배님."

"말해라."

"마찬가지입니다."

"뭐가 마찬가지란 뜻이냐?"

"몸 상태와 컨디션이 정상이 아닌 것은 저도 마찬가지란 뜻입니다."

박건도 시범경기에 맞춰서 페이스를 끌어 올리고 있는 중이었다. 그러니 몸 상태와 컨디션이 정상이 아닌 것은 박건도 마찬가지였다.

"서로 페이스를 끌어 올린 상태에서 맞붙는다고 해도 호세 베리우스의 공을 제대로 공략할 자신이 있습니다. 그리고 메이저리그 수준급 투수인 호세 베리우스의 공을 공략할 수 있으니, 다른 수준급 투수들의 공도 공략할 수 있을 겁니다."

거기까지 생각이 미친 박건이 힘주어 말했다.

잠시 침묵을 지키던 이용운이 한참 만에 입을 뗐다.

"어쩌면 내가 틀렸을 수도 있다는 생각이 드는구나."

"무슨 뜻입니까?"

"단순한 게 좋을 수도 있다는 생각이 든단 뜻이다."

박건이 의아한 표정을 지었을 때, 이용운이 덧붙였다.

"적어도 기가 죽진 않을 테니까."

제9장

7타수 2안타.

그레이프프루트 리그에 출전한 박건이 기록한 성적이었다.

아주 좋은 성적은 아니었지만, 박건의 실력을 가늠하기에는 표본이 너무 부족했다.

출전 기회가 너무 적었다.

또, 좀 더 강한 임팩트를 남기지 못했다는 점이 박건으로서는 아쉬운 부분이었다.

그렇게 그레이프프루트 리그가 종료되고 메이저리그 시범경기가 시작됐다.

*   *   *

"확실히 분위기부터 다르구나."

그레이프프루트 리그와 메이저리그 시범경기는 분위기부터 확연히 달랐다.

정규시즌 경기가 아닌 시범경기임에도 불구하고 수많은 관중들이 티켓을 구매하고 경기장으로 찾아와 있었다.

또, 선발 라인업도 바뀌었다.

가능한 많은 선수들에게 기회를 줬던 그레이프프루트 리그와 달리 주전선수들의 윤곽이 서서히 드러나기 시작한 것이었다.

뉴욕 메츠 VS 워싱턴 내셔널스.

뉴욕 메츠의 첫 시범경기 상대는 워싱턴 내셔널스였다.

그리고 경기를 앞두고 미겔 카브레라 감독이 선발 라인업을 발표했다.

〈뉴욕 메츠 선발 라인업〉
1. 브랜든 니모.
2. 박건.
3. 미구엘 콘포토.
4. 로빈슨 카누.
5. 윌슨 라모스.
6. 제프 맥나일
7. 아사메드 로사리오.
8. 후안 레이예스
9. 노아 신더가드.
Pitcher. 노아 신더가드.

선발 라인업을 확인한 박건의 표정이 밝아졌다.

2번 타순에 적혀 있는 자신의 이름을 확인했기 때문이었다.

"제가 선발 라인업에 포함됐습니다."

"나도 봤다."

"이건 어떻게 해석해야 할까요?"

박건이 이용운에게서 돌아오길 원하는 대답은 25인 로스터에 포함되는 것은 물론이고 주전 경쟁에서도 유리한 위치를 점했다는 것이었다.

그렇지만 내심 바라던 대답은 돌아오지 않았다.

"딱히 해석할 게 없다."

"네?"

"굳이 이유를 찾자면… 잭 니퍼트 단장의 입김이 작용했을 것이다. 그것 말고는 이 상황을 설명할 수 없다."

박건이 반박하지 못하고 수긍했다.

스프링캠프 기간 동안 치열한 경쟁에서 확실하게 우위를 점했을 정도로 뛰어난 활약을 펼치지 못했기 때문이었다.

아니, 경쟁에서 우위를 점할 수 있을 정도로 충분한 기회 자체가 주어지지 않았었다.

'이제라도 기회가 주어져서 다행이네.'

박건이 속으로 생각했을 때였다.

"다행이 아니다."

이용운이 초를 쳤다.

"왜 다행이 아니란 겁니까?"

"확실하게 미운털이 박혔으니까."

"미운털이요?"

"미겔 카브레라 감독이 누구와 이야기를 나누고 있는지 직접 확인해 보거라."

이용운의 이야기를 들은 박건이 서둘러 고개를 돌렸다.

그런 박건의 눈에 미겔 카브레라 감독이 페테르 알론소와 대화를 나누고 있는 모습이 들어왔다.

"페테르 알론소에 대해서는 알고 있지?"

"지난 시즌 뉴욕 메츠의 주전 좌익수였죠."

"잘 알고 있구나. 그럼 미겔 카브레라 감독이 왜 페테르 알론소와 대화를 나누는지도 짐작이 되겠지?"

"상황을… 설명하고 있는 건가요?"

"좀 더 정확히 말하면 흥분한 페테르 알론소를 달래고 있을 것이다."

이용운의 말처럼 미겔 카브레라 감독과 심각한 표정으로 대화를 나누고 있는 페테르 알론소는 불만이 가득한 표정이었다.

"혹시 저 때문에 페테르 알론소가 흥분한 겁니까?"

"그럼 다른 이유가 있을 것 같으냐?"

"하지만……."

"입장 바꿔 생각해 봐라."

"……?"

"굴러온 돌이 박힌 돌을 빼내려고 하는 판국인데 박힌 돌 입장에서 기분이 좋을 것 같으냐? 게다가 굴러온 돌이 영 부실하면 더 기분이 나쁘지 않겠느냐?"

"그러니까 제가 굴러온 돌입니까?"

박건이 질문한 순간, 이용운이 답답하다는 듯 소리쳤다.

"그럼 박힌 돌이겠냐?"

                    *   *   *

'내가 굴러온 돌이 맞구나.'

박건이 슬쩍 인상을 구겼다.

'그런데 부실하다?'

아까 이용운이 덧붙인 말이 기분을 상하게 만든 것이었다.

그렇지만 반박하지는 못했다.

이용운의 조언처럼 입장을 바꿔 생각해 보니 페테르 알론소 입장에서는 부실하기 짝이 없는 굴러온 돌이었기 때문이었다.

'대한민국이란 나라를 알기나 할까?'

페테르 알론소 입장에서 박건은 동양의 작은 나라에서 뛰던 선수였다. 그리고 그는 KBO 리그의 존재조차도 모를 가능성이 높았다.

당연히 박건의 이름을 한 번도 들어보지 못했을 터.

세계 최고의 무대인 메이저리그에서 활약하는 페테르 알론소가 보기에 박건은 무척 부실한 굴러온 돌일 것이었다.

그런데 그 부실한 굴러온 돌이 박힌 돌인 페테르 알론소를 밀어내려 하고 있으니 기분이 좋을 리 없을 터였다.

"선배님 말씀대로 페테르 알론소에게 미운털이 단단히 박힌 것 같습니다."

하필 고개를 돌린 페테르 알론소와 박건의 시선이 부딪쳤다.

그리고 박건을 노려보는 페테르 알론소의 시선에는 예상대로 적의가 가득 담겨 있었다.

해서 박건이 말하기 무섭게 이용운이 정정했다.

"페테르 알론소에게만 미운털이 박힌 게 아니다. 미겔 카브레라 감독에게도 미운털이 단단히 박혔지."

그 이야기를 들은 박건이 고개를 갸웃했다.

페테르 알론소에게 미운털이 박힌 것은 이해가 갔지만, 미겔 카브레라 감독에게 미운털이 박힌 것은 납득이 가지 않았기 때문이었다.

"미겔 카브레라 감독과는 얘기도 해본 적 없는데 왜 미운털이 박혔다는 겁니까?"

"그냥."

"그냥… 이요?"

"주는 것 없이 미운 사람도 있지 않느냐?"

"제가… 밉상이란 뜻입니까?"

"엄밀히 말하면 미겔 카브레라 감독 입장에서는 후배가 아니라 잭 니퍼트 단장이 밉상이겠지."

'불협화음.'

이용운의 이야기를 들은 순간, 박건이 떠올린 단어였다.

프런트의 수장인 잭 니퍼트 단장과 현장의 수장인 미겔 카브레라 감독은 가까운 사이가 아니었다.

미국 언론에서도 앞다투어 보도했을 정도로 두 사람은 불협화음을 내고 있었다.

그리고 박건은 시한폭탄 같은 두 사람 사이에 기폭제 역할을 하고 있다는 것이 이용운의 주장이었다.

'주는 것 없이 미운 것, 맞네.'

미겔 카브레라 감독과는 악연으로 얽힌 적이 없었다.

어떤 접점이 있어야 악연으로 얽힐 것이 아닌가?

그럼에도 불구하고 박건은 미겔 카브레라 감독에게 미운털이 제대로 박혔다.

그 이유는 박건의 영입을 잭 니퍼트 단장이 주도했기 때문이었다.

"야구 참… 어렵네요."

결국 박건이 한숨을 내쉬었을 때였다.

"야구를 잘하면 해결된다."

이용운이 충고했다.

그 충고를 들은 박건이 의아한 표정으로 물었다.

"반대 아닙니까? 제가 잘하면 오히려 미운털이 더 깊이 박힐 것 같은데요?"

"후배 말대로 미운털이 더 깊이 박히겠지."

"그런데 왜……?"

"이미 수습 불가다."

"수습 불가라니요?"

"미겔 카브레라 감독과 후배의 관계는 되돌릴 수 없단 뜻이지."

*   *   *

박건이 억울한 표정을 지었다.

물건을 훔치지도 않았는데 억울하게 도둑으로 몰린 형국이랄까.

'이래서였구나.'

잠시 후 박건이 눈살을 찌푸렸다.

"왜 하필 뉴욕 메츠야?"

"박건 선수가 뉴욕 메츠 소속 선수가 된다는 것도 아쉽습니다."

포스팅에 최고 금액을 입찰한 구단이 뉴욕 메츠라는 소식이 전해지고 난 후, 이용운과 제임스 윤이 보였던 반응이었다.

당시에는 그 반응들이 너무 오버라고 생각했는데.

이제 와 돌이켜 보니 오버가 아니었다.

이용운과 제임스 윤은 이런 상황이 벌어질 것을 예측했기 때문에 당시에 우려를 드러냈던 것이었다.

그때, 이용운이 다시 입을 뗐다.

"그래도 양쪽에 미운털이 다 박히는 것보다는 한쪽에만 미운털이 박히는 편이 더 낫다는 게 내가 내린 결론이다."

"잭 니퍼트 단장은… 절 좋아합니다."

박건이 자신 있는 목소리로 말했다.

자신의 영입을 주도한 것이 잭 니퍼트 단장이었고, 미국에 도착하자마자 그는 박건과 면담을 가지며 최선을 다해서 적응을 돕기로 약속했었다.

그 면담 과장에서 잭 니퍼트 단장이 줄곧 호의적인 시선을 던졌던 것이 박건이 이런 판단을 내린 이유였다.

그렇지만 이용운의 생각은 달랐다.

"후배는 내가 했던 충고를 귀담아듣지 않았군."

"어떤 충고 말입니까?"

"립 서비스에 속지 말라고 했던 충고 말이야."

"하지만……."

"내가 보기에 잭 니퍼트 단장은 후배를 좋아하지도, 싫어하지도 않는다."

"그게 아니라니까요. 절 보는 눈빛이……."

박건이 반박할 때, 이용운이 덧붙였다.

"이래서 후배가 모태 솔로였군."

*   *   *

'여기서 그 이야기가 왜 나와?'

박건의 나이를 감안하면 모태 솔로라는 게 자랑거리는 아니었다.

박건에게 있어서 아킬레스건 중 하나.

그래서 이용운이 그 부분을 지적한 순간, 박건이 발끈하며 입을 뗐다.

"제가 모태 솔로인 이유를 찾으셨나 보네요."

"그래."

"뭡니까?"

"상대의 감정을 잘 못 읽는다. 그러니 연애가 될 리가 있나?"

"신기하네요."

"뭐가 신기하단 거냐?"

"상대의 감정을 그렇게 잘 읽으시는 선배님은 대체 왜 결혼을 못 하셨던 겁니까?"

"상대의 감정을 너무 잘 읽어서였다."

"……?"

"나와 결혼하면 고생길이 훤했다. 그래서 날 좋아하는 여자들을 일부러 피하고 밀어냈던 거지."

이용운의 목소리는 착 가라앉아 있었다.

그것을 알아챈 박건이 제안했다.

"연애사는 서로 건드리지 않는 게 좋겠습니다. 딱히 좋은 기억이 서로 없는 것 같으니까요."

"그편이 좋겠군."

기다렸다는 듯이 제안을 수락한 이용운이 화제를 전환했다.

"아까도 말했듯이 잭 니퍼트 단장은 후배를 좋아하지도 싫어하지도 않는다. 다만 후배를 내심 응원하고 있기는 하지. 본인이 영입을 주도한 후배가 메이저리그에 빠르게 적응하면서 좋은 활약을 펼쳐야 미겔 카브레라 감독과의 주도권 싸움에서 우위를 점할 수 있기 때문이다. 그런데 만약 후배가 메이저리그 적응에 어려움을 겪으면서 계속 헤맨다면 어떻게 될까?"

"잭 니퍼트 단장은 곤란한 상황에 처하겠네요."

"그렇지. 그리고 영입 실패작인 후배는 잭 니퍼트 단장에게 미운털이 박히는 게 당연한 수순이고."

'최악.'

이용운과 대화를 나누던 박건이 퍼뜩 떠올린 단어였다.

단장인 잭 니퍼트와 감독인 미겔 카브레라 감독에게 동시에 미운털이 박히는 경우는 최악이란 단어 외에 달리 표현할 방법이 없었기 때문이었다.

"줄을 잡으란 뜻이군요."

"그래. 그게 최악을 면할 수 있는 방법이지."

잭 니퍼트 단장과 미겔 카브렐라.

두 명에게서 모두 미운털이 박히는 최악의 경우를 피하려면 잭 니퍼트 단장의 줄을 잡을 수밖에 없었다.

'내가 야구선수야? 직장인이야?'

문득 든 생각에 박건이 한숨을 내쉬며 물었다.

"그 줄은 어떻게 잡습니까?"

"야구를 잘하면 된다."

"그럼 잭 니퍼트 단장이라는 줄을 잡을 수 있다?"

박건이 그 말을 되뇔 때, 이용운이 덧붙였다.

"어쩌면 썩은 동아줄일 수도 있지만."

  *   *   *

노아 신더가드 VS 스티븐 스트라스버그.

시범경기 개막전을 치르는 양 팀 선발투수들이었다.

1회 말 뉴욕 메츠의 공격.

대기타석에 들어선 박건이 마운드에 서 있는 스티븐 스트라스버그를 응시했다.

이미 메이저리그 수준급 투수인 호세 베리우스를 타석에서 직접 상대해 본 적이 있었다.

그렇지만 스티븐 스트라스버그는 호세 베리우스와는 레벨이 또 달랐다.

명실공히 워싱턴 내셔널스의 에이스.

그리고 고연봉자가 많기로 소문난 메이저리그에서도 최고 수준의 연봉을 받는 게 바로 스티븐 스트라스버그였다.

그가 수령하는 약 3,500만 달러의 연봉은 선발투수 가운데 최고액이었다.

프로선수의 가치는 몸값으로 드러나는 법.

스티븐 스트라스버그는 메이저리그에서도 최정상급 선발투수였다.

'내가 공략할 수 있을까?'

이런 두려움보다 기대가 더 컸다.

'내가 드디어 스티븐 스트라스버그의 공을 상대할 수 있게 됐구나.'

투수로 활동하던 시절, 공부를 위해서 영상으로 많이 접했던 스티븐 스트라스버그의 공을 직접 타석에서 상대할 수 있게 된 것에 대한 기대였다.

슈악.

딱.

1번 타자 브랜든 니모는 스티븐 스트라스버그의 3구째 커브를 공략했지만, 정타를 만들어내지 못했다.

내야플라이로 브랜든 니모가 물러나며 1사 주자 없는 상황에서 박건이 타석에 들어섰다.

　그리고 박건은 초구부터 과감하게 배트를 휘둘렀다.

　슈아악.

　따악.

　바깥쪽 직구는 배트 중심에 걸렸다.

　경쾌한 타격음과 함께 타구는 우중간으로 날아갔다.

　타다닷.

　우중간을 반으로 가를 것처럼 보이는 타구의 궤적을 눈으로 확인하며 박건이 1루로 내달렸다.

　'3루까지.'

　1루 베이스를 밟고 통과하는 순간, 박건은 타구가 우중간을 반으로 가르며 펜스까지 굴러갈 거라고 확신했다.

　그래서 전력 질주를 한 박건이 2루 베이스를 막 통과했을 때였다.

　"멈춰라."

　이용운이 소리쳤다.

　3루 베이스코치도 2루에서 멈추라고 양팔을 들어 올리는 것이 보였다.

　급히 멈추려 했지만 이미 가속도가 붙은 탓에 쉽지 않았다.

　미끌.

　박건의 발이 미끄러지면서 잠시 중심을 잃었다.

　그런 박건의 눈에 3루수에게 노바운드로 도착하는 송구가 보였다.

'돌아가야 해!'

급히 몸을 돌린 박건이 2루 베이스로 달려가며 슬라이딩을 시도했다.

탁.

퍽.

박건의 손끝이 2루 베이스에 닿은 것과 태그가 이뤄진 것은 거의 동시였다.

"아웃."

그렇지만 2루심은 태그가 빨랐다고 판단해서 단호하게 아웃을 선언했다.

'오버런.'

박건이 아쉬운 기색을 감추지 못하고 더그아웃으로 걸어가다가 자신에게 향해 있는 시선을 느끼고 고개를 돌렸다.

그런 박건의 눈에 호기심이 깃든 강렬한 시선을 던지고 있는 스티븐 스트라스버그의 모습이 들어왔다.

잠시 후 박건이 고개를 돌렸다.

"와아."

"와아아."

비록 정규시즌 경기는 아니었지만, 시범경기는 홈 팬들에게 첫선을 보이는 자리였다.

그리고 홈 팬들은 주루 미스로 아웃되기는 했지만, 스티븐 스트라스버그를 상대로 안타를 빼앗아낸 박건에게 환영의 의미로 환호성을 보내주고 있는 것이었다.

그 환호성을 확인한 박건의 가슴이 뜨겁게 달아오르기 시작했다.

                    *   *   *

"아쉽냐?"

대기타석에 서 있는 박건에게 이용운이 물었다.

"당연히 아쉽죠."

박건이 지체 없이 대답했다.

뉴욕 메츠 홈 팬들에게 첫 선을 보이는 첫 타석에서 박건은
메이저리그 최정상급 투수인 스티븐 스트라스버그를 상대로 안
타를 때려냈다.

그렇지만 아쉽게도 오버런을 하면서 아웃이 되고 말았다.

"그래도 배운 게 있습니다."

"뭘 배웠지?"

"메이저리그가 절대 만만하지 않다는 것이요."

더그아웃으로 돌아온 후, 박건은 왜 자신이 주루사를 당했는
지에 대해 분석했다.

그 과정에서 확인한 것은 워싱턴 내셔널스 우익수의 과감하고
정확한 수비와 강한 어깨였다.

'우중간을 가르고 펜스까지 굴러갈 거야.'

타구의 궤적을 확인하며 박건이 했던 예상이었다.

그렇지만 그 예상은 빗나갔다.

워싱턴 내셔널스의 우익수인 로건 레너드는 전력 질주를 한
후 슬라이딩캐치를 시도했다.

노바운드로 처리하기 위함이 아니었다.

원바운드로 타구를 잡아내면서 타자주자에게 한 베이스를 더 허용하지 않기 위한 과감한 수비였다.

그리고 박건이 워싱턴 내셔널스 우익수의 수비를 무모한 수비라고 표현하지 않은 이유는 중견수 때문이었다.

타구가 뒤로 빠지는 최악의 경우를 대비해서 중견수는 이미 백업을 마친 상황이었다.

그 백업 덕분에 설령 타구가 빠졌다고 해도 3루타 이상을 허용하지는 않았을 것이었다.

그리고 하나 더, 워싱턴 내셔널스의 우익수 로건 레너드의 송구도 대단했다.

원바운드로 타구를 캐치하자마자, 로건 레너드는 퉁기듯이 바로 일어서며 송구했다.

그런 로건 레너드의 송구 방향은 정확했다.

또, 노바운드로 내야수에게 전달이 됐을 정도로 송구가 강하기도 했다.

말 그대로 강견의 소유자였다.

'한 베이스를 더 노리는 주루플레이가 쉽지 않겠어.'

이것이 주루사를 당했던 박건이 얻은 교훈.

그런 박건이 아쉬운 기색을 드러냈다.

본인만의 장점이 희석된 느낌이 들어서였다.

그때, 이용운이 위로하듯 말했다.

"실망할 필요 없다. 장점이 희석된 것은 아니니까."

"하지만……"

"로건 레너드는 메이저리그에서도 소문이 났을 정도로 수비를 잘하고 어깨도 강한 편이다. 그런 로건 레너드의 작년 타율이 얼마인지 알아?"

"모릅니다."

"이 할 사 푼 오 리였다."

"생각보다… 타율이 낮네요."

박건이 놀란 표정을 지었다.

메이저리그 외야수들은 수비는 물론이고 타격 능력도 뛰어나야 주전을 차지할 수 있는 것이 일반적이었다.

그런데 워싱턴 내셔널스의 주전 우익수인 로건 레너드의 지난 시즌 타율은 이 할 오 푼에도 미치지 못했다.

"타격의 약점을 빼어난 수비 능력으로 커버하면서 주전 경쟁에서 살아남은 셈이지. 쉽게 말해 로건 레너드의 외야 수비 능력은 메이저리그에서도 톱클래스 수준이다. 기죽을 필요 없다는 뜻이지. 그리고 후배도 저 정도는 하잖아?"

"저 정도는… 하죠."

박건이 고개를 끄덕이며 대답했다.

이용운의 정확한 타구 분석과 박건의 빠른 발, 강한 어깨가 시너지효과를 발휘한다면 로건 레너드 못지않은 수비를 펼치는 것이 가능하다는 확신이 있었기 때문이었다.

"그럼 남은 건 하나지."

"뭡니까?"

"로건 레너드보다 타격 능력이 낮다는 걸 보여주는 것. 내 생각엔 이 할 팔 푼 정도만 기록해도 충분할 것 같다."

"정말 그 정도로 충분할까요?"

"충분해. 당장 워싱턴 내셔널스의 단장만 해도 후배를 탐낼 걸. 수비 능력이 로건 레너드와 비슷한데 후배의 타율이 로건 레너드보다 3푼 이상 더 높다면 탐내지 않고는 못 배길 테니까."

박건이 수긍하며 고개를 끄덕였을 때였다.

"그리고 더 고무적인 사실을 알려줄까?"

"또 뭡니까?"

"로건 레너드의 수비 능력에 한참 미치지 못하는 외야수들을 주전으로 기용하는 메이저리그 구단도 꽤 있다는 점이야. 그리고 내 판단이 틀리지 않다면, 그 구단들 중 한 곳이 후배의 소속 팀이 될 가능성이 높아."

"저는 지금 뉴욕 메츠 소속 선수인데요?"

"인생 모른다니까."

이용운이 웃으며 덧붙였다.

"이제 아쉬움이 좀 가셨나?"

잠시 후 박건이 대답했다.

"여전히 아쉽네요."

*　　　　*　　　　*

박건이 아쉬움을 드러낸 이유.

스티븐 스트라스버그와의 재대결이 무산됐기 때문이었다.

시범경기, 그것도 개막전이었기 때문에 워싱턴 내셔널스의 선발투수로 출전했던 스티븐 스트라스버그는 3이닝만 소화하고 마운드에서 내려갔다.

내심 스티븐 스트라스버그와 한 차례 더 상대하고 싶다는 욕심을 갖고 있었던 박건으로서는 아쉬울 수밖에 없었다.

"아쉬워할 필요 없다. 스티븐 스트라스버그가 아니라 네이션 윌리스와 상대하는 게 오히려 잘된 걸 수도 있으니까."

그때, 이용운이 말했다.

그 이야기를 들은 박건이 타석의 브랜든 니모와 상대하고 있는 워싱턴 내셔널스의 두 번째 투수인 네이션 윌리스를 바라보았다.

슈아악.

부웅.

2볼 2스트라이크 상황에서 네이션 윌리스는 몸쪽 직구를 구사했다.

브랜든 니모가 힘껏 휘두른 배트는 허공을 갈랐다.

"스트라이크아웃."

주심이 스트라이크아웃을 선언한 순간, 박건이 전광판을 살폈다.

97마일의 구속을 확인한 박건이 고개를 끄덕였다.

스티븐 스트라스버그의 직구 평균 구속은 94마일이었다.

그런데 바뀐 투수인 네이션 윌리스의 직구 구속은 97마일.

약 3마일가량 직구 구속이 더 빨랐다.

불같은 강속구를 던지는 우완 파이어볼러 네이션 윌리스는 박건이 그레이프프루트 리그에서 상대했던 톰 고든과 비슷한 유형의 투수였다.

"네이션 윌리스의 강속구를 제대로 공략할 수 있다면 후배가 빠른 직구에 무척 강하다는 이미지를 심어줄 수 있거든."

이용운이 네이션 윌리스를 상대하는 편이 오히려 더 유리하다고 말한 이유를 밝히며 한마디를 덧붙였다.

"물론 공략을 할 수 있다면이라는 단서가 붙긴 하지만."

그 이야기를 들은 박건이 발끈했다.

"왜 공략하지 못할 거라고 생각하시는 겁니까?"

"톰 고든의 직구에 손도 못 댔으니까."

이용운이 대답한 순간, 박건이 정색하며 입을 뗐다.

"그때와 지금은 다릅니다."

"왜 다르다는 거지?"

박건이 대답했다.

"제가 페이스를 끌어 올렸거든요."

*   *   *

슈아악.

네이션 윌리스가 선택한 초구는 몸쪽 직구였다.

"스트라이크."

주심이 스트라이크를 선언했을 때, 박건은 전광판을 살폈다.

'98마일이면… 158km.'

브랜든 니모를 상대할 때보다 직구 구속이 1마일 더 상승한 셈이었다.

'전력투구를 하고 있어.'

이를 악물고 공을 던지는 네이션 윌리스는 지난 시즌에 줄곧 트리플 A에 머물다가 올 시즌을 앞두고 40인 로스터에 합류해서 시범경기에 출전한 것이었다.

네이션 윌리스의 입장에서는 25인 로스터에 합류해서 메이저리그에서 개막전을 맞이하는 것이 목표.

그 목표를 이루기 위해서는 시범경기에서 좋은 투구를 펼치면서 감독에게 눈도장을 찍어야만 했다.

그러니 전력투구할 수밖에 없었다.

슈악.

네이션 윌리스가 선택한 2구는 커브.

"볼."

그렇지만 스트라이크존을 크게 벗어날 정도로 높은 코스에 형성됐다.

슈악.

이어진 3구는 슬라이더.

그렇지만 역시 스트라이크존을 크게 벗어났다.

일찌감치 바깥쪽으로 휜 슬라이더를 지켜본 박건이 타석에서 물러났다.

2볼 1스트라이크.

지익. 지이익.

장갑을 고쳐 끼던 박건이 네이션 윌리스를 힐끗 살폈다.

그런 그가 고개를 갸웃하는 모습을 확인한 박건이 두 눈을 빛냈다.

'네이션 윌리스는 쓰리 피치 유형의 투수, 그런데 커브와 슬라

이더의 제구가 뜻대로 안 되는 상황. 현재 던질 수 있는 공은 직구뿐이야.'

빠르게 수 싸움을 마친 박건이 타격 준비를 마쳤다.

그런 박건의 수 싸움은 적중했다.

슈아악.

네이션 윌리스가 바깥쪽 직구를 구사한 순간, 박건이 기다렸다는 듯이 배트를 휘둘렀다.

따악.

묵직한 타격음이 울려 퍼졌다.

'넘어갔다!'

시범경기에 맞춰서 페이스를 끌어 올린 덕분에 배트 스피드는 150㎞대 후반의 구속을 자랑하는 직구에도 밀리지 않았다.

거의 완벽한 타이밍에 배트 중심에 걸렸기에 박건이 홈런이 됐다고 확신하면서 배트를 내던졌다. 그리고 1루 베이스로 천천히 달려 나가던 박건의 눈에 예상보다 멀리 뻗지 못한 타구가 보였다.

"아웃."

타구가 펜스 근처에서 기다리고 있던 워싱턴 내셔널스의 우익수 로건 레너드에게 잡힌 것을 확인한 박건이 아쉬운 표정을 지었다.

'왜 안 넘어갔지?'

예상했던 것보다 타구의 비거리가 훨씬 짧았다.

그 이유에 대해서 박건이 고민하고 있을 때 이용운이 말했다.

"불행 중 다행이구나."

'뭐가 다행이란 거지?'

홈런성 타구가 펜스 근처에서 잡혔다.

그럼에도 불구하고 이용운은 불행 중 다행이라고 표현했다.

그 이유에 대해 박건이 고민할 때, 이용운이 덧붙였다.

"이번에는 설레발은 안 쳤으니까."

*   *   *

박건의 얼굴이 벌겋게 달아올랐다.

청우 로열스 소속 선수일 당시, 홈런임을 확신하고 설레발을 쳤다가 개망신을 당했던 기억이 새삼 되살아났기 때문이었다.

'틀린 말은 아니네.'

뉴욕 메츠 홈구장인 시티 필드에서 벌어지는 시범경기 개막전.

박건의 입장에서는 뉴욕 메츠 홈 팬들에게 첫 선을 보이는 자리였다. 그리고 첫인상은 무척 중요했다.

쉽게 잊혀지지 않기 때문이었다.

그런데 깊숙한 외야플라이를 치고 난 후 홈런을 친 것처럼 미리 세레머니를 하며 설레발을 쳤다면?

좋지 않은 첫인상을 남겼을 가능성이 높았다.

해서 박건이 불행 중 다행이란 이용운의 표현이 옳다고 생각했을 때였다.

"왜 안 넘어갔을까?"

"……?"

"그 이유에 대해 고민하고 있는 게 맞지?"

속내를 이용운에게 읽히는 것.

이제 더 이상 놀랍거나 새삼스럽지도 않았다. 그래서 박건이 군말 없이 고개를 끄덕이자, 이용운이 다시 말했다.

"나쁘지 않았다."

"스윙은 나쁘지 않았다는 겁니까?"

"스윙도 나쁘지 않았고, 결과도 나쁘지 않았다."

이번에는 이용운의 이야기에 수긍할 수 없었다.

네이션 윌리스를 상대로 외야플라이로 물러난 만큼, 결코 좋은 결과는 아니었기 때문이었다.

'깜박했나?'

어쩌면 이용운이 아까 박건이 외야플라이로 물러났다는 사실을 잊고 있는 게 아닐까 하는 의심이 퍼뜩 들었다.

'혹시 치매에 걸린 건가? 가만, 사람이 아니라 귀신인데도 치매에 걸릴 수가 있나?'

박건이 이용운의 치매를 의심했을 때였다.

"꽤 멀리 날아갔잖아."

"하지만……."

"그만하면 충분히 원하는 것을 얻을 수 있는 결과였다."

그 설명을 들은 박건이 조금 전 대기타석에 서 있을 때 이용운이 했던 말을 떠올렸다.

"아쉬워할 필요 없다. 스티븐 스트라스버그가 아니라 네이션 윌리스와 상대하는 게 오히려 잘된 걸 수도 있으니까."

메이저리그 최정상급 투수인 스티븐 스트라스버그와의 재대결이 무산된 것을 아쉬워하고 있을 때, 이용운이 건넸던 말이었다.

당시 이용운이 그런 말을 한 이유는 구속이 150㎞대 후반인 네이션 월리스의 직구를 공략해서 좋은 결과를 얻어내면, 빠른 공에 강점이 있다는 점을 어필할 수 있었기 때문이었다.

그렇지만 그것을 위해서는 전제 조건이 필요했다.

바로 네이션 월리스의 직구를 공략해서 좋은 결과를 얻어내야 한다는 점이었다.

그렇지만 아쉽게도 박건은 좋은 결과를 얻어내지 못했다.

즉, 전제 조건을 충족시키지 못한 만큼, 빠른 공에 강점이 있다는 점을 어필하는 데 실패한 셈이었다.

그러나 이용운은 박건이 때려냈던 깊숙한 외야플라이로도 빠른 공에 강점이 있다는 점을 어필하는 데 어느 정도 성공했다고 확신에 찬 목소리로 말하고 있었다.

'없는 말을 억지로 지어내는 양반은 아닌데.'

함께 보낸 시간이 길어지면서 박건은 이용운의 성향에 대해 어느 정도 파악했다.

그리고 박건이 파악한 이용운은 위로나 격려를 하기 위해서 없는 말을 지어내서 하는 성격이 아니었다.

'해설계의 독설가'답게 상대를 배려하기보다는 진실에 입각해서 말하는 성격이었다.

그때, 이용운이 입을 뗐다.

"노림수도 적중했고, 배트 스피드도 빨랐기 때문에 타이밍은 완벽했다. 다만 타구의 비거리가 홈런이 되기에 조금 모자랐던 것뿐이지. 몇 미터만 더 뻗었어도 홈런이 됐을 잘 맞은 타구였다."

타구가 몇 미터만 더 높았다면?

타구가 몇 미터만 더 뻗었다면?

아쉽게 홈런이 되지 못하고 타구가 펜스 근처에서 잡혔을 때, 흔히 하는 가정들이었다.

그렇지만 가정은 아무 의미도 없었다.

결과는 바뀌지 않기 때문이었다.

또, 몇 미터의 비거리 차이가 장타력을 갖춘 타자와 장타력을 갖추지 못한 타자를 구분 짓게 만드는 요인이었기 때문이었다.

"다시 아까 이야기로 돌아가자."

그때, 이용운이 제안했다.

"어디로 돌아가자는 말씀입니까?"

"그새 까먹었어?"

"그게 아니라 워낙 이야기를 많이 해서……."

박건이 변명을 꺼내자, 이용운이 답답하다는 듯한 목소리로 설명을 더했다.

"왜 후배가 홈런이라 확신했던 타구가 펜스 근처에서 잡혔을까? 그 이유에 대해 알려주려고 한다."

"이유가 대체 뭡니까?"

"우선 구장의 크기 차이다. 청우 로열스 홈구장보다 뉴욕 메츠 홈구장인 시티 필드가 더 크거든."

"아."

미처 거기까지는 생각지 못했기에 무릎을 탁 친 후 박건이 물었다.

"그럼 다른 이유는 무엇입니까?"

"힘이 부족하기 때문이었다."

'힘이 부족하다?'

박건이 천천히 고개를 끄덕이며 슬쩍 고개를 돌렸다.

마침 근처에 서 있던 미구엘 콘포토의 팔뚝이 보였다.

'두껍긴 하구나.'

근육으로 덮인 미구엘 콘포토의 팔뚝은 양손으로 잡기에 모자랄 정도로 두꺼웠다.

그리고 저 근육이 미구엘 콘포토가 장타자로 명성을 날릴 수 있었던 원동력이었다.

'난 힘을 싣는 것보다 완벽한 타이밍에 배트 중심에 타구를 맞추는 방식으로 장타를 만들어냈어.'

청우 로열스 소속 선수일 당시 박건은 힘에 의존하기보다 정확한 타이밍에 의존해 타격을 하는 스타일이었다.

"그 외에도 몇 가지 변수들이 더 있다."

"어떤 변수들입니까?"

"예를 들면 공인구가 다르다는 것이지."

이용운의 말처럼 KBO 리그에서 사용하는 공인구와 메이저리그서 사용하는 공인구는 달랐다. 그리고 공인구가 다르면 반발계수도 달라지는 법이었다.

그 반발계수의 차이는 타구의 비거리 차이를 만들어냈고.

'조금 덜 뻗는다?'

메이저리그에서 사용하는 공인구를 타격했을 때, 타구의 비거리가 조금 줄어든다는 것을 이용운은 지적한 것이었다.

'확실히 다른 점이 많구나.'

"새로운 리그에서 성공하기 위해서는 낯선 환경에 적응해야 한다."

전문가들은 물론이고, 이용운도 입버릇처럼 건넸던 충고였다.

그렇지만 그 충고가 크게 와닿지는 않았다.

음식과 의사소통 정도가 다른 점이고, 그 부분들은 차차 적응해 나가면 된다고 막연하게 생각했었다.

그렇지만 직접 메이저리그라는 새로운 리그에 도전장을 내밀고 경험하자, 적응해야 할 낯선 환경은 훨씬 더 많았다.

당장 KBO 리그와 메이저리그는 사용하는 공인구부터 다르지 않은가?

'이래서 실패한 선배들이 많구나.'

KBO 리그에서 맹활약을 하고 메이저리그에 진출했던 선배들은 꽤 있었다.

그렇지만 메이저리그에서 성공을 거둔 선배는 한 줌에 불과했다.

대부분이 쓰디쓴 실패를 맛보고 KBO 리그로 복귀했다.

당시 선배들이 꼽았던 실패의 이유 중 공통적인 것은 적응의 어려움이었다.

그리고 박건은 비로소 새로운 리그에 적응하는 것이 쉽지 않다는 것을 체감했다.

'적응을 위해서 무엇부터 시작해야 하지?'

그리고 박건의 머릿속이 헝클어졌을 때, 이용운이 조언했다.

"바꿀 수 있는 것과 바꿀 수 없는 것을 구분하는 것이 우선이다."

                    *   *   *

"바꿀 수 없는 것부터 나열해 보자. 공인구, 바꿀 수 있어?"

이용운의 질문을 받은 박건이 대답했다.

"당연히 바꿀 수 없죠."

메이저리그에서 뛰는 한 공인구를 바꿀 수는 없었기 때문이었다.

"홈구장은?"

"그것도 못 바꾸죠."

박건이 뉴욕 메츠 소속 선수인 이상 시티 필드에서 뛸 수밖에 없었다.

"그럼 주심은?"

"역시 바꿀 수 없죠."

KBO 리그 주심과 메이저리그 주심은 스트라이크존이 달랐다.

그 차이로 인해 혼란을 겪고 있었지만, 그렇다고 해서 주심을 선택하거나 수입할 수는 없는 노릇이었다.

"잘 알고 있구나. 그럼 이번엔 바꿀 수 있는 것에 대해 고민해 보자."

'바꿀 수 있는 게 뭘까?'

박건이 고민에 잠겼을 때, 이용운이 입을 뗐다.

"현재 바꿀 수 있는 것은 딱 하나뿐이다."

"그게 뭡니까?"

"후배."

'나만… 바꿀 수 있다?'

잠시 후 박건이 고개를 끄덕였다.

현재 바꿀 수 있는 부분은 자신뿐이었기 때문이었다.

"미련 때문에 실패했을 것이다."

잠시 후, 이용운이 진단을 내렸다.

"저보다 먼저 메이저리그에 도전했던 선배들을 말씀하시는 겁니까?"

"그래. 그들이 적응에 실패한 이유는 계속 미련을 가졌기 때문이다."

"어떤 미련을 가졌단 말씀이십니까?"

"바꿀 수 없는 것들에 대한 미련. 바꿀 수 없는 것은 깔끔하게 포기했어야 했는데 그렇게 하지 못했지."

미련은 후회를 남긴다. 그리고 후회는 과거에 발목이 잡혀서 미래로 나아가지 못하게 만드는 걸림돌이 된다.

'난 미련을 갖지 말고 깔끔하게 포기하자.'

바꿀 수 없는 것에 대한 미련을 버린 박건은 바꿀 수 있는 것에 집중했다.

'힘을 길러야 해.'

달라진 공인구와 투수들의 수준, 그리고 구장의 크기까지.

박건이 살아남기 위해서는 타구의 비거리를 늘려야 했다. 그리고 비거리를 늘리기 위해서는 힘을 길러야 했다.

'웨이트.'

박건이 마침내 답을 찾아냈을 때였다.

"웨이트."

이용운이 박건이 방금 찾아낸 답이 틀리지 않았다고 확인해 주었다.

그런 그가 덧붙였다.

"시범경기가 끝나기 전에 숙제를 해치워야 한다."

제10장

15타수 3안타.

박건이 시범경기에서 기록한 성적이었다.

간신히 2할에 턱걸이를 하고 있는 타율.

시범경기에 맞춰서 페이스를 끌어 올렸던 것을 감안하면, 기대에 미치지 못하는 부진한 타격 성적이었다.

그로 인해 박건 역시 조바심을 느끼고 있었다.

'확실히 적응이 쉽지 않구나.'

박건이 타격 부진에 시달리는 이유는 적응에 어려움을 겪고 있었기 때문이었다.

KBO 리그에 비해 넓어진 스트라이크존, 반발계수가 다른 메이저리그 공인구, 그리고 달라진 투수들의 수준까지.

바꿀 수 없는 것들에 대해 단기간에 적응하는 것은 결코 쉽지 않았다.

그렇지만 박건이 타격 부진에 시달리는 진짜 이유는 따로 있었다.

"스윙이… 마음에 들지 않아."

바꿀 수 없는 것들은 미련을 갖지 말고 포기하자.

대신 바꿀 수 있는 부분을 바꾸자.

이용운과 대화를 나눈 후 내린 결론이었다.

메이저리그에서 생존하기 위해서는, 또 성공하기 위해서는 타구의 비거리를 늘려야 한다고 판단한 박건은 본격적으로 웨이트에 매달렸다.

웨이트를 해서 근육량을 늘리면 타구의 비거리가 늘어날 것이다.

이게 박건이 가졌던 생각이었다.

그런데 그게 너무 단순한 생각이었음을 알아채는 데는 오랜 시간이 걸리지 않았다.

근육이 늘며 체형이 변하기 시작하자, 스윙도 함께 변했다.

좋고 나쁨의 문제가 아니었다.

변화에 대한 적응의 문제였다.

배트 스피드가 달라지자, 타이밍에도 혼선이 생겼다.

즉, 달라진 몸에 대한 적응에 또 애를 먹기 시작한 것이었다.

그리고 적응의 어려움이 타격 부진에 시달리게 된 원인이었다.

'차라리 예전으로 돌아가는 게 낫지 않을까?'

타율만 낮은 것이 아니었다.

타격 부진에 시달리는 사이, 타구의 질도 형편없었다.

그래서 범타나 삼진으로 물러날 때마다 박건이 했던 생각이었다.

예전처럼 정확한 타이밍을 중시한 스윙으로 돌아가는 편이 낫지 않을까 하는 생각을 계속했던 것이었다.

만약 혼자였다면?

박건은 벌써 웨이트를 멈추었을 것이었다.

그렇지만 이용운이 그것을 말렸다.

"일시적인 슬럼프일 뿐이다."

계속 걱정하는 박건과 달리 이용운은 천하태평이었다.

그리고 적응 기간이 지나가고 나면, 더 좋은 타격을 할 수 있을 거라고 확신했다.

그나마 다행인 점은, 박건이 타격 부진에 시달리고 있어도 꾸준히 출전 기회가 주어진다는 점이었다.

*   *   *

뉴욕 메츠 VS 마이애미 말린스.

어느덧 메이저리그 시범경기는 중후반으로 접어들고 있었다.

포지션 경쟁자인 박힌 돌(?) 페테르 알론소와 번갈아 좌익수로 출전하고 있던 박건은 마이애미 말린스와의 경기에 선발 출전 기회를 얻었다.

20타수 8안타.

박건과 출전 기회를 나눠서 부여받고 있는 페테르 알론소의 타석에서의 성적이었다.

시범경기 타율 4할.

15타수 3안타로 타율이 2할인 박건에 비해서 정확히 두 배 더 타율이 높았다.

물론 아직 정규시즌이 아닌 시범경기였고, 타석수가 많지 않기는 했지만 포지션 경쟁자인 페테르 알론소가 주전 경쟁에서 한발 앞서 있다는 것은 부인할 수 없는 팩트였다.

"더 벌어지면 힘들다."

경기 시작 전 이용운이 조언했다.

그 조언을 들은 박건의 마음이 조급해졌다.

뉴욕 메츠 잭 니퍼트 단장의 신임을 여전히 받고 있는 상황.

25인 로스터에 합류할 가능성은 높았다.

그렇지만 박건의 목표는 25인 로스터에 합류하는 게 끝이 아니었다.

페테르 알론소와의 주전 경쟁을 이겨내서 뉴욕 메츠의 주전 좌익수 자리를 꿰차야 했다.

그런데 지금과 같은 상황이 계속 유지된다면?

주전 좌익수 자리를 꿰차기는커녕, 오히려 주전 경쟁에서 밀릴 가능성이 높았다.

시범경기가 끝나기 전에 어떤 전환점을 마련해야 했고, 더 늦어지면 안 된다는 우려가 박건에게 긴장감을 심어주었다.

6번 좌익수.

마이애미 말린스와의 경기에 박건은 6번 타순에 포진했다.

줄곧 2번 타순에 포진했던 박건이 처음으로 6번 타순에 들어선 것이었다.

'타격 부진으로 인해 타순이 뒤로 밀렸다?'

박건이 타순이 변경된 것을 확인하고 표정을 굳혔다.

그렇지만 이용운은 생각이 달랐다.

"좋게 생각해라."

"어떻게요?"

"투수의 공을 관찰할 수 있는 기회가 늘어난 것이니까."

"그렇긴… 하네요."

잠시 후, 박건이 고개를 끄덕여 수긍했다.

2번 타순에 포진된 박건이 애를 먹었던 이유 중 하나가 상대 투수의 공을 살필 기회가 없다는 점이었다.

뉴욕 메츠의 리드오프인 브랜드 니모는 타석에서의 성향이 공격적이었다.

상대 투수의 초구를 공략하는 경우가 잦았다.

그래서 2번 타순에 포진됐던 박건에게는 상대 투수가 던지는 공을 대기타석에서 제대로 살필 기회가 주어지지 않았다.

게다가 시범경기는 40인 로스터에 포함된 선수들을 시험하는 것이 목적이었기에 투수 교체가 잦은 편이었다.

박건의 입장에서는 상대 투수에 대해 파악하지 못한 상태로 타석에 들어서는 악순환이 반복됐다.

물론 이건 포지션 경쟁자인 페테르 알론소도 마찬가지였다.

그렇지만 페테르 알론소에게는 박건이 갖지 못한 무기가 있었다.

바로 경험이었다.

박힌 돌(?)인 페테르 알론소는 메이저리그에서만 10년 가까이 활약한 백전노장.

그는 상대 투수들에 대해 알고 있을뿐더러 파악도 거의 끝난 상태였다.

0-0

0의 균형을 이룬 채 경기는 2회 말로 접어들었다.

슈악.

딱.

2회 말의 선두타자인 4번 타자 로빈슨 카노의 타구는 빗맞았다.

그렇지만 빗맞은 타구는 2루수의 키를 살짝 넘기고 그라운드에 떨어지면서 텍사스안타가 됐다.

무사 1루 상황에서 뉴욕 메츠의 5번 타자 윌슨 라모스가 타석에 들어섰다. 그리고 6번 타순에 포진된 박건도 대기타석으로 들어섰다.

슈아악.

마이애미 말린스의 선발투수인 트레비스 리차즈는 초구로 몸쪽 직구를 던졌다.

딱.

윌슨 라모스가 공략했지만, 타이밍에서 밀리며 파울이 됐다.

슈아악.

2구는 바깥쪽 직구.

월슨 라모스가 지켜보는 가운데 주심은 스트라이크존을 통과했다고 판단했다.

노 볼 2스트라이크.

투수에게 압도적으로 유리한 볼카운트에서 트레비스 리차즈는 잇따라 유인구를 던졌다.

슈악.

슈악.

그러나 월슨 라모스가 잘 참아내며 2볼 2스트라이크로 볼카운트가 바뀌었다.

그리고 5구째.

트레비스 리차즈가 선택한 구종은 커터였다.

슈악.

직구처럼 들어오던 공은 마지막 순간에 살짝 휘어지며 가라앉았다.

부웅.

월슨 라모스가 힘껏 돌린 배트는 허공을 갈랐다.

"스트라이크아웃."

고개를 갸웃한 월슨 라모스가 더그아웃으로 터덜터덜 걸어갔다.

그 모습을 지켜보던 박건이 타석으로 들어섰다.

슈아악.

트레비스 리차즈가 박건을 상대로 던진 초구는 바깥쪽 직구였다.

'애매한데.'

타석에서 트레비스 리차즈가 초구로 구사한 바깥쪽 직구를 지켜본 후 박건이 떠올린 생각이었다.

KBO 리그였다면 볼로 선언됐을 것이었다.

그렇지만 메이저리그는 KBO 리그보다 스트라이크존이 더 넓은 편이라 스트라이크가 될 확률도 있다고 박건이 판단했을 때였다.

"스트라이크."

주심이 스트라이크를 선언했다.

이어진 2구째.

슈아악.

트레비스 리차즈는 2구 역시 직구를 구사했다.

달라진 점은 바깥쪽이 아니라 몸쪽 직구라는 점이었다.

'볼!'

역시 배트를 내밀지 않고 지켜본 후 박건은 볼이라고 판단했다.

"볼."

그런 박건의 예상은 적중했다.

조금 깊었다고 판단한 주심은 스트라이크가 아니라 볼로 판단했다.

그 순간, 트레비스 리차즈가 슬쩍 미간을 찌푸렸다.

2구째로 던진 몸쪽 직구가 스트라이크존을 통과했다고 판단했기에 주심의 볼 판정에 불만을 품은 것이었다.

'주심의 성향 때문이야.'

그런 트레비스 리차즈를 바라보던 박건이 속으로 말했다.

오늘 경기 주심은 바깥쪽 코스에 후한 편이었다.

반면 몸쪽 코스의 공에는 박한 편이었다.

아까 박건이 애매하다고 판단했던 바깥쪽 코스의 직구에는 스트라이크를 선언했지만, 박건이 넓힌 스트라이크존에서 살짝 걸쳤다고 판단한 몸쪽 코스의 직구에는 볼을 선언한 것이 주심의 성향을 이야기해 주고 있었다.

'확실히 도움이 되네.'

2번이 아니라 6번 타순에 포진된 덕분에 박건은 더그아웃에서부터 트레비스 리차즈의 공을 더 오래 관찰할 수 있었다.

그 과정에서 오늘 경기 주심의 성향이 몸쪽 코스에 박하고 바깥쪽 코스에 후하다는 것을 간파할 수 있었던 것이었다.

그뿐이 아니었다.

트레비스 리차즈의 투구 패턴도 파악할 수 있었다.

'직구로 유리한 카운트를 잡고 유인구로 타자를 현혹하는 패턴.'

박건이 미리 파악했던 대로 트레비스 리차즈는 투구 패턴을 가져가고 있었다.

그리고 투구 패턴을 파악하는 것은 수 싸움에 있어서 무척 중요한 역할을 했다.

'직구가 하나 더 들어올 거야.'

1볼 1스트라이크.

트레비스 리차즈의 2구째 몸쪽 직구를 주심이 스트라이크를 잡아주지 않았기에 유리한 볼카운트를 만들기 위해서 한 번 더 직구를 던질 확률이 높았다.

'바깥쪽 직구.'

트레비스 리차즈도 오늘 경기 주심이 바깥쪽 코스에 후한 편임을 눈치챈 상황.

해서 박건이 바깥쪽 직구를 예상했을 때였다.

슈아악.

트레비스 리차즈가 3구째 공을 던졌다.

예상대로 바깥쪽 직구를 구사한 것을 확인한 박건이 두 눈을 빛냈다.

이제 남은 건 웨이트에 치중하며 달라진 배트 스피드에 적응해서 타격 타이밍을 맞추는 것이었다.

'하나, 둘, 둘 반 그리고 반의 반.'

트레비스 리차즈의 평균 직구 구속은 93마일.

평소였다면 셋에 타이밍을 맞추었으리라.

그렇지만 박건은 2와 3/4에 타이밍을 맞추었다.

따악.

그 타이밍 계산이 적중했다.

정확한 타이밍에 배트 중심에 걸린 타구가 좌중간으로 날아갔다.

타다닷.

1루 주자였던 로빈슨 카노는 1사 후임에도 불구하고 일찌감치 타구 판단을 마치고 전력 질주를 하기 시작했다.

박건 역시 1루로 달려 나가며 타구를 살폈다.

타구의 비거리가 달라졌는가를 자신의 눈으로 확인하고 싶었기 때문이었다.

마이애미 말린스의 중견수는 끝까지 포기하지 않고 타구를 쫓았다.

펜스에 등을 부딪치면서 타구를 캐치하려고 했지만, 약간 미치지 못했다.

퍼억.

박건이 때린 타구는 펜스 상단을 때리고 다시 튀어나왔다.

좌익수가 튀어나온 타구를 잡아서 송구하는 것을 확인한 박건이 달리던 속도를 줄이며 2루에 멈춰 섰다.

일찌감치 스타트를 끊었던 1루 주자 로빈슨 카노가 여유 있게 홈으로 파고들면서 뉴욕 메츠는 선취점을 올리는 데 성공했다.

'첫 타점.'

시범경기에서 박건이 기록한 첫 타점이었다. 그러나 박건은 환하게 웃지 못했다.

타구가 펜스를 넘기며 홈런이 되지 않았기 때문이었다.

'넘어갈 줄 알았는데.'

그래서 박건이 못내 아쉬운 표정을 짓고 있을 때였다.

"웨이트 효과가 나타나기 시작했다."

이용운이 칭찬했다.

"확실히 타구의 비거리가 늘었어."

"아직 부족합니다."

"나도 알아."

"……?"

"중요한 건 발전하고 있다는 거지."

이용운이 덧붙였다.

"이번 타석에서 때려낸 타구가 후배가 정체되어 있지 않고 발전하고 있다는 증거다."

*　　　　*　　　　*

1—3.

마이애미 말린스가 3회 초 공격에서 석 점을 뽑아내면서 역전에 성공했다.

두 점 뒤진 채 시작된 뉴욕 메츠의 4회 말 공격.

선수 타자는 5번 타자 윌슨 라모스였다.

마이애미 말린스의 마운드는 여전히 트레비스 리차즈가 지키고 있었다.

첫 타석에서 삼진을 당했던 윌슨 라모스였지만 두 번째 타석에서는 달랐다.

슈아악.

따악.

트레비스 리차즈가 카운트를 잡기 위해 던진 초구 바깥쪽 직구를 공략해서 1, 2루 간을 꿰뚫는 우전안타를 때려냈다.

무사 1루 상황에서 박건이 타석으로 들어서기 직전, 포수가 일어나서 마운드로 향했다.

트레비스 리차즈가 마운드를 방문한 포수와 대화를 나누는 모습을 지켜보던 박건이 작게 말했다.

"투구 패턴을 바꿀 확률이 높겠네요."

"이제 서당 개가 풍월을 읊는 수준은 확실히 뛰어넘었구나."

"서당 개는 더 이상 제 경쟁 상대가 못 되죠."

"천자문 정도는 뗀 수준이구나."

이용운에게서 칭찬을 들은 박건이 희미한 웃음을 머금었을 때였다.

"그럼 초구로 어떤 구종을 던질까?"

"제 생각엔… 커터입니다."

"그렇게 판단한 이유는?"

"슬라이더와 포크볼은 제구가 안 됩니다."

트레비스 리차즈는 포 피치 유형의 투수.

직구와 슬라이더를 주로 던졌고, 간간히 커터와 포크볼을 섞어 던지는 편이었다.

그렇지만 오늘 경기에서는 달랐다.

직구와 커터.

두 구종에 의존해서 경기를 이끌어 나가고 있었다.

그리고 트레비스 리차즈가 오늘 경기에서 슬라이더와 포크볼 구사 비율을 확 줄인 이유는 제구가 뜻대로 되지 않았기 때문이었다.

그런 이유로 슬라이더와 포크볼을 배제하면, 트레비스 리차즈가 유리한 카운트를 만들기 위해서 던질 구종은 커터뿐이었다.

"확실히 꽤 늘긴 했구나."

"선배님에게 배운 겁니다."

"역시……."

"역시 뭡니까?"

"호부 아래 견자 없다는 말이 괜히 있는 게 아니야."

'결국 자기 자랑이네.'

쓴웃음을 짓던 박건이 두 눈을 빛냈다.

1루 측 관중석에서 낯익은 얼굴을 발견했기 때문이었다.

'여긴… 어쩐 일이지?'

1루 측 관중석에서 제임스 윤을 발견한 박건이 놀란 표정을 지었을 때, 마운드를 방문했던 포수가 돌아왔다.

'일단 타석에 집중하자.'

상념을 털어버리기 위해 고개를 흔든 박건이 타격 준비를 마쳤다.

슈악.

예상대로 트레비스 리차즈가 초구로 커터를 구사한 것을 확인한 박건이 망설이지 않고 배트를 휘둘렀다.

딱.

'타이밍은 정확했는데.'

정확한 타이밍에 커트를 공략하는 데 성공했음에도 불구하고, 박건의 표정은 밝아지지 않았다.

경쾌한 타격음이 아닌 둔탁한 타격음이 들렸기 때문이었다.

그 이유는 배트 중심에 걸리지 않았기 때문이었다.

'내 예상보다 더 휘었어.'

트레비스 리차즈의 커터는 홈플레이트 근처에서 우타자 바깥쪽으로 휘었다.

그 점을 감안하고 스윙을 했음에도 불구하고, 박건의 예상보다 휘어지는 각도가 컸기 때문에 배트 중심이 아닌 배트 끝부분에 걸린 것이었다.

'외야플라이.'

우중간으로 향하는 타구의 코스는 좋았다.

그렇지만 배트 중심에 걸리지 못했기 때문에 멀리 뻗지 못하고 잡힐 거라고 박건이 판단했을 때였다.

타다닷.

1루 주자 윌슨 라모스가 달리는 속도를 높였다.

'왜 저래?'

2루 베이스를 통과하고 오히려 속도를 높이는 윌슨 라모스를 의아하게 바라보던 박건이 다시 타구를 살폈다.

우익수가 타구를 쫓아가서 점프캐치를 시도하는 모습.

그가 높이 들어 올린 글러브를 살짝 넘기고 그라운드에 떨어진 타구가 바운드를 일으키며 빠르게 굴러가는 모습.

백업이 살짝 늦은 중견수가 펜스 쪽으로 달려가는 모습까지.

'넘겼다?'

박건이 예상했던 것과 달리 타구는 우익수의 키를 넘기고 그라운드에 떨어졌다.

예상치 못한 결과였기에 박건이 당황했을 때였다.

"속도를 올려."

이용운이 소리쳤다.

'아차!'

뒤늦게 정신을 차린 박건이 달리는 속도를 끌어 올렸다.

그런 박건의 귓가로 이용운이 중계 과정에 대한 정보를 전하는 것이 들려왔다.

"중견수가 펜스플레이를 하는 과정에서 살짝 미끄러졌다. 그로 인해 송구가 늦춰졌으니까 3루를 노려."

그 정보를 들은 박건이 망설이지 않고 3루로 내달렸다.

"슬라이딩은 필요 없다."

이용운이 마지막으로 전한 정보를 들은 박건이 달리던 속도를 줄이며 3루로 여유 있게 들어갔다.

1타점 적시 3루타.

첫 타석에 이어서 두 번째 타석에서도 장타를 기록한 박건이 가빠진 호흡을 고르며 입을 뗐다.

"제 예상보다 더 뻗었습니다."

"웨이트 덕분에 힘이 붙었기 때문이다."

이용운이 그 이유를 알려주며 덧붙였다.

"몰아쳐서 타율을 끌어 올리자."

*　　　　　*　　　　　*

3타수 3안타.

마이애미 말린스와의 시범경기에 선발 출전 한 박건은 3안타를 몰아쳤다.

첫 타석에서는 2루타, 두 번째 타석에서는 3루타, 그리고 세 번째 타석에서는 단타를 때려내며 몰아치기에 성공하고 있었다.

슈악.

부웅.

7회 말 2사 주자 1루 상황에서 타석에 들어섰던 타자는 바뀐 투수의 싱커에 헛스윙을 하면서 삼진으로 물러났다.

공수 교대.

"후우."

8회 초 수비를 위해서 글러브를 착용하던 박건이 크게 심호흡을 했다.

8회 말 혹은 9회 말에 한 차례 더 타석이 돌아올 터.

만약 그때 박건이 홈런을 때려낸다면 사이클링히트라는 대기록을 달성할 수 있는 상황이었다.

그리고 시범경기이긴 하지만 사이클링히트를 기록하면 강렬한 인상을 남길 수 있을 것이었다.

해서 박건이 집중력을 유지하기 위해서 애쓰고 있을 때였다.

"글러브 벗어라."

이용운이 불쑥 말했다.

'왜 글러브를 벗으라는 거지?'

박건이 의문을 품었을 때, 이용운이 덧붙였다.

"교체됐으니까."

한참 만에 말뜻을 이해한 박건이 당황했다.

8회 초 수비를 앞두고 자신이 교체된 현 상황이 잘 이해가 가지 않았기 때문이었다.

'이게… 맞아?'

잠시 후, 박건이 고개를 돌렸다.

그리고 철저하게 자신의 시선을 외면하고 있는 미겔 카브레라 감독을 매섭게 노려보았다.

'확 들이받을까?'

선수 기용은 감독의 고유 권한이었다.

그러니 교체 지시를 내리는 것이 잘못된 것은 아니었다.

그럼에도 불구하고 박건이 화가 난 이유는 지금 상황이 특수했기 때문이었다.

박건은 오늘 경기에서 홈런 하나만 더 기록하면 사이클링히트라는 대기록을 달성할 수 있는 상황.

그런데 대기록을 달성할 수 있는 기회조차 주지 않는 미겔 카브레라 감독의 교체 지시를 납득하기 쉽지 않았다.

퍽.

박건이 글러브를 손에서 뺀 후 바닥에 내던졌다.

그 소리가 더그아웃에 울려 퍼졌지만, 미겔 카브레라 감독은 아무것도 들리지 않는다는 듯 고개를 돌리지 않았다.

*　　　　　*　　　　　*

마이애미 말린스와의 시범경기에서 박건은 3타수 3안타를 기록했다.

15타수 3안타에서 18타수 6안타로.

타석수가 많지 않았기 때문에 마이애미 말린스와의 경기에서 3안타를 몰아치고 나자, 박건의 타율은 급상승했다.

0.200에서 0.333으로.

무려 1할 이상 타율이 치솟았다.

그럼에도 불구하고 박건은 환하게 웃지 못했다.

사이클링히트라는 대기록을 앞두고 교체된 것으로 인해서 못내 아쉬움이 남았기 때문이었다.

그로 인해 아쉬움을 곱씹으며 박건이 경기장을 빠져나가자 제임스 윤이 기다리고 있었다.

"오랜만입니다."

희미한 미소를 지은 채 제임스 윤이 인사를 건넸다.

"꼭 몇 년 만에 만나는 것 같습니다."

박건이 환하게 웃으며 제임스 윤과 인사했다.

한국에서 지인을 만나는 것과 외국에서 지인을 만나는 것.

확실히 느낌이 달랐다.

미국에서 제임스 윤을 만나니 훨씬 더 반가운 마음이 들었던 것이다.

"어쩐 일로 여기까지 찾아왔습니까?"

박건이 용건을 묻자, 제임스 윤이 대답했다.

"겸사겸사 찾아왔습니다."

"겸사겸사요?"

"박건 선수를 만나기 위해서 찾아온 것도 있고, 청우 로열스에서 뛸 외국인 선수들을 관찰하기 위한 목적도 있습니다."

제임스 윤의 대답을 들은 박건이 고개를 갸웃했다.

지금쯤이면 KBO 리그에서도도 시범경기가 펼쳐지고 있을 것이었다.

당연히 외국인 선수 구성도 진즉에 마무리가 됐을 터.

그럼에도 불구하고, 외국인 선수를 관찰하기 위해서 미국에 찾아왔다는 제임스 윤의 이야기를 쉽사리 납득하기 힘들었던 것이었다.

"아직 외국인 선수 영입을 완료하지 못한 겁니까?"

박건이 참지 못하고 질문하자, 제임스 윤이 쓴웃음을 지은 채 입을 뗐다.

"많이 서운해하시겠네요."

"누가 서운해한단 말씀입니까?"

"누구긴 누구겠습니까? 캡틴이죠."

제임스 윤이 캡틴이라 지칭하는 사람은 딱 한 명.

송이현 단장뿐이었다.

"송이현 단장님이 왜 제게 서운해한단 말입니까?"

제대로 말뜻을 이해하지 못한 박건이 다시 묻자, 제임스 윤이 덧붙였다.

"전 소속 팀에 대한 애정이 없으니까요."

"네?"

"박건 선수가 청우 로열스의 외국인 선수 구성이 어떻게 됐는지도 모른다는 것이 전 소속 팀에 대한 애정이 없다는 증거 아니겠습니까?"

비로소 말뜻을 이해한 박건이 얼굴을 붉혔다.

메이저리그의 낯선 환경에 적응하는 데 어려움을 겪다 보니 다른 것에 신경을 쓸 여유가 전혀 없었다.

그러다 보니 청우 로열스에 대해서는 까맣게 잊고 있었던 것이 사실이었다.

"제가 그동안 정신이 없었습니다."

박건이 변명을 꺼내자, 제임스 윤이 고개를 끄덕였다.

"충분히 이해합니다. 낯선 환경과 새로운 리그에 적응하는 것이 절대 쉬운 일이 아니라는 것쯤은 잘 알고 있으니까요. 그렇지만 캡틴은 분명히 서운해할 겁니다. 이래서 짝사랑은 힘든 법이죠."

"짝사랑… 이요?"

"캡틴이 박건 선수가 청우 로열스로 돌아오길 바라고 있다는 것, 잘 알고 계시지 않습니까? 그런데 박건 선수는 청우 로열스에 대한 관심조차 없으니 캡틴이 짝사랑을 하는 것이나 마찬가지 상황 아닙니까?"

'아주 틀린 표현은 아니네.'

박건이 속으로 생각했을 때였다.

"돌아가면 캡틴에게 조언을 해야겠습니다. 아무래도 박건 선수의 KBO 리그 복귀는 시간이 한참 걸릴 것 같으니까 짝사랑은 그만두라고 말입니다."

"그게 무슨 뜻입니까?"

제임스 윤이 웃으며 대답했다.

"메이저리그에 적응을 잘하고 있단 뜻입니다."

*　　　　*　　　　*

"여기서 이러지 말고 자리를 옮기시죠."

제임스 윤이 제안했다.

"그러시죠. 제가 식사 대접을 하겠습니다."

박건도 그 제안에 흔쾌히 응하며 식사를 대접하겠다는 의사를 밝혔다.

그렇지만 제임스 윤은 손사래를 쳤다.

"그건 안 됩니다."

"왜 안 된다는 겁니까?"

잠시 후, 제임스 윤이 지갑에서 법인카드를 꺼내며 말했다.

"식사는 제가 대접하겠습니다. 짝사랑에 빠진 캡틴이 박건 선수에게 맛있는 것을 사주라고 엄명을 내리며 법인카드를 제게 건네줬거든요."

"하지만……."

"저는 상사의 명을 따를 의무가 있는 힘없는 직장인입니다. 그러니 오늘은 제가 계산하게 해주시죠."

제임스 윤은 고집을 꺾지 않았다. 그리고 그는 이미 식당 예약까지 마친 상태였다.

제임스 윤이 예약해 두었던 고급 레스토랑에 따라 들어간 박건이 화려한 내부를 살피고 있을 때였다.

"예전에 몇 번 들른 적이 있는데 스테이크가 아주 괜찮습니다. 이 레스토랑 셰프가 미슐랭에도……."

레스토랑의 셰프에 대해 소개하던 제임스 윤이 도중에 멈추었다.

전화가 걸려왔기 때문이었다.

"잠시만 실례하겠습니다."

정중하게 양해를 구한 제임스 윤이 밖으로 나가 전화를 받았다.

잠시 후, 다시 돌아온 제임스 윤이 난감한 표정을 지었다.

그 표정을 확인한 박건이 물었다.

"왜 그러십니까?"

"합석을 원하는 사람이 있는데 괜찮을까요?"

"누굽니까?"

"스카우터 시절에 친하게 지냈던 동료입니다. 마침 마이애미에 들렀다고 제가 출국하기 전에 꼭 만나고 싶다고 하네요."

박건이 잠시 망설이다 입을 뗐다.

"그렇게 하시죠."

"양해해 주셔서 감사합니다."

"그런데… 너무 막 쓰시는 것 아닙니까?"

"무엇을 말씀하시는 겁니까?"

"법인카드 말입니다. 여기 음식값이 꽤 비싸 보여서요."

박건의 말뜻을 뒤늦게 이해한 제임스 윤이 빙그레 웃었다.

"캡틴이 부자라서 괜찮습니다."

"그래도……."

"지금 제가 골든벨을 울리고 법인카드로 계산한다고 해도 캡틴은 신경도 쓰지 않을 겁니다."

제임스 윤이 웃으며 말을 더한 순간, 한참 조용하던 이용운이 끼어들며 핀잔을 건넸다.

"후배의 오지랖은 가히 태평양급이군."

"네?"

"재벌 딸 통장 잔고 걱정까지 하고 있으니 말이지."

'쩝.'

틀린 지적이 아니었기에 박건의 말문이 막혔을 때였다.

"제임스의 지인과 합석하는 게 후배에겐 도움이 될 거야."

"왜 도움이 된다는 겁니까?"

"스카우터를 알아둬서 손해 볼 일은 없으니까."

이용운이 의미심장한 목소리로 대답했다.

'대체 무슨 도움이 된다는 거지?'

그 이유에 대해 궁금했지만, 박건은 다시 질문을 던지지 못했다.

제임스 윤의 지인이 레스토랑에 도착했기 때문이었다.

"인사하시죠. 이쪽은 제 오랜 지인이자, 현재 필라델피아 필리스 구단 소속으로 일하고 있는 스카우터 빌 머레이입니다."

"박건입니다. 만나서 반갑습니다."

"갑자기 불청객이 끼어들어서 죄송합니다. 빌 머레이입니다."

빌 머레이가 갈색 털이 수북한 오른손을 내밀었다.

갈색 눈동자로 자신을 빤히 응시하던 빌 머레이가 내민 손을 박건이 맞잡았을 때였다.

"아쉽습니다."

빌 머레이가 불쑥 말했다.

"왜 아쉽다는 겁니까?"

"사이클링히트를 놓친 것 말입니다."

박건이 뒤늦게 말뜻을 이해하고 빌 머레이에게 물었다.

"경기를 보셨습니까?"

"네, 봤습니다. 솔직히 미겔 카브레라 감독에게 화가 좀 났습니다."

"왜 화가 났습니까?"

"박건 선수가 사이클링히트라는 대기록을 수립할 수 있도록 미겔 카브레라 감독이 기회를 주지 않았으니까요."

사이클링히트를 앞두고 있던 박건을 미겔 카브레라 감독이 교체한 것에 대해 아쉬움을 느낀 것은 비단 박건 자신뿐만이 아니었다.

빌 머레이 역시 그 교체에 아쉬움을 드러냈다.

그렇지만 이미 벌어진 일이었다.

계속 아쉬움과 불만을 토로한들 달라질 것은 없었다.

"저를 교체한 데는 어떤 이유가 있었을 겁니다."

해서 박건이 입을 떼자, 빌 머레이가 깜짝 놀란 표정을 지었다.

'내가 무슨 실언을 했나?'

그 표정 변화를 확인한 박건이 오히려 당황했을 때였다.

"그게… 다입니까?"

빌 머레이가 질문했다.

"무슨 뜻입니까?"

박건이 영문을 모르겠다는 표정으로 되묻자, 빌 머레이가 답답하다는 표정을 지은 채 다시 질문했다.

"설마 미겔 카브레라 감독에게 불합리한 교체에 대해서 불만을 표시하며 항의를 하지 않았던 겁니까?"

"네."

"맙소사. 그럼 안 됩니다."

빌 머레이가 언성을 높였다.

"왜 안 된다는 겁니까?"

박건이 다시 질문하자, 빌 머레이가 이유를 밝혔다.

"여기는 메이저리그니까요."

『내 귀에 해설이 들려』 8권에 계속…